Andrea Wendeln

Ausblicke

Kurzgeschichten

Das Buch

Dies ist eine Sammlung von Kurzgeschichten, die ich im Laufe der Jahre geschrieben habe. Viel zu schade, wie ich finde, sie einfach in der Schublade zu lassen.

Für alle, die nicht viel Zeit zum Lesen haben, bei langen Geschichten einfach einschlafen oder einfach nur eine kurzweilige Unterhaltung möchten.

Die Autorin

Andrea Wendeln schreibt seit ihrer Jugend. Wurde 1967 in Oldenburg geboren, wo sie noch heute im Landkreis lebt.

Zahlreiche Gedichte und einige Kurzgeschichten sind in Anthologien erschienen. Dies ist die erste Anthologie ihrer Kurzgeschichten.

Außerdem sind mittlerweile drei Krimis und ein Kinderbuch erschienen. Der vierte Krimi ist in Arbeit…

Inhaltsverzeichnis

Andrea Wendeln

Ausblicke

Kurzgeschichten

TWENTYSIX

Eine Marke der Books on Demand GmbH

© 2023 Andrea Wendeln

2. Auflage 2024

Herstellung und Verlag: BoD – Books on Demand, Norderstedt

ISBN 9783740705565

Die geheimnisvolle Truhe

Es war ein herrlich sonniger Frühlingsnachmittag. Nach all den letzten Tagen des Regens, schien nun endlich die Sonne und es herrschte eine angenehme Wärme.

Drei Fenster fluteten den Dachboden mit Licht.

Es war also hell genug für ihr Vorhaben, welches Anna das zweite Mal startete.

Sie wollte endlich alles Unnötige vom Dachboden entfernen, sie brauchte Platz für ihre Staffelei. Denn sie war eine leidenschaftliche Malerin, immer wenn es ihre Zeit zuließ.

Fünf Jahre war es nun her, dass sie das Haus von ihrer Oma geerbt hatte. Doch Maria war ihr, seit ihrem zehnten Lebensjahr, auch eine Mutter gewesen. Seit dem Tag, an dem ein schwerer Autounfall ihr ihre Eltern nahm und Maria die Tochter und den Schwiegersohn.

Das war lange her, aber die Erinnerung daran tat immer noch weh und so versuchte Anna sich auf ihr Vorhaben zu konzentrieren.

Gestern hatte sie schon einiges an Gerümpel aus dem Fenster in den Hof geschmissen, dort hatte sie einen kleinen Container aufstellen lassen. Einige Sachen verpackte sie jedoch sorgsam in Bananenkartons, um sie später auf dem Flohmarkt zu verkaufen. Sie sah sich um. Wo sollte sie nun weiter machen? Ihr Blick fiel in die Ecke, wo eine riesige Truhe stand und wieder schweiften ihre Gedanken ab.

Wie oft hatte sie sich damals mit ihren Freundinnen, die Kleider daraus angezogen und Modenschau gespielt. Anna hatte sofort die Bilder dazu vor Augen. Auch der große Spiegel stand noch an der einen Wand gelehnt, worin sie sich immer betrachtet hatten. Den Spiegel wollte sie auf jeden Fall behalten, sie würde ihn aber an einer Wand aufhängen, sie müsste nur noch sehen wo.

Ein Lächeln flog durch ihr Gesicht, aber nur einen Augenblick.

Das große Bücherregal an der Wand holte sie zurück, das musste sie auch noch durchsehen, dachte sie.

Sie hatte aber noch keine Ahnung, ob sie die Bücher behalten sollte oder dass ein oder andere auf dem Flohmarkt verkaufen. Ganz oben auf dem Bücherregal stand auch noch immer die kleine geheimnisvolle Truhe.

Sicher, sie war bei weitem nicht so groß wie die Truhe mit den Kleidern, aber das Interesse an ihr war immer größer. Natürlich, denn sie hütete ein Geheimnis. Noch nie hatte sie da reinsehen dürfen.

Anna hatte sich schon als Kind gefragt, was darin wohl verborgen war. Verschlossen war der Inhalt unerreichbar für sie, und sie hatte auch keine Ahnung welcher Schlüssel dazu gehörte. Großmutter wollte ihr nie verraten, was darin war, auf ihre Fragen meinte sie immer `nur altes Zeugs, das ist doch langweilig´.

Oft hatte Anna sich vorstellt, wie sie die Truhe öffnen würde und was sie darin finden könnte. Anna schüttelte den Kopf beim Gedanken daran und lächelte. Ja, diese kleine Truhe hatte ihre Fantasie als Kind sehr angeregt.

Ob sie es je herausbekommen würde? Sollte sie die Truhe jetzt einfach aufbrechen? Ihre Oma war tot, keiner würde sie aufhalten, dachte sie einen Moment.

Doch dann schüttelte sie den Kopf, sie hatte jetzt Wichtigeres zu tun. Anna sortierte fleißig weiter, nun die Bücher, in Kartons für den Flohmarkt und in den Container für den Müll.

Bei einigen Sachen fiel ihr die Entscheidung echt schwer, hingen doch Erinnerungen daran. Aber man konnte nicht alles aufbewahren und wozu brauchte sie noch den alten Puppenwagen oder ausrangierte Lampen?!

Sie wusste nicht einmal, ob die Lampen noch funktionierten, dachte sie und versuchte nicht allzu viel Staub beim Aufräumen hochzuwirbeln.

Ein Glück nur, dass sie die Fenster geöffnet hatte, so zog der Staub gleich nach draußen und die frische Luft war angenehm.

Die Zeit rannte nur so dahin und Anna bemerkte, dass sie Hunger hatte. Nur noch das Bücherregal, dachte sie, und krempelte sich die Ärmel hoch. Als erstes nahm sie die kleine geheimnisvolle Truhe vom Bücherregal und stellte sie auf die Große. „Zu dir komme ich später", sagte sie und lachte.

Jedes Buch schaute sie sich genau an. Einige waren sehr alt und selten, viele auch neuer, aber auch Massenware und wieder andere hatten Widmungen. Es dauerte ganz schön lange alle durchzusehen, doch sie wollte nicht aus Versehen ein falsches Buch wegwerfen. Anna überlegte gerade, welche sie davon behalten oder ob sie sie einem Fachmann zeigen sollte. Da fiel aus einem besonders alten Exemplar, welches sie sich gerade anschaute, ein kleiner Schlüssel.

"Hoppla", entfuhr es ihr. Sie hob ihn auf und wollte ihn schon aufs Regal legen, dann hielt sie inne und schaute ihn fragend an. Kleiner als ein Türschlüssel, dachte sie.

"Na, wenn du mal nicht zu der geheimnisvollen Truhe gehörst". Sie ging zu ihr und probierte vorsichtig den

Schlüssel. Dann hörte sie wie innen der Riegel zurück schnappte und die Truhe war plötzlich auf.

Anna war so gespannt, sie holte tief Luft und öffnete dann ganz vorsichtig den Deckel. Die Truhe offenbarte eine Menge Papier. Da waren Fotos, Briefe und sogar ein Tagebuch. Anna setzte sich auf die große Truhe und starrte auf das oberste Foto. Es zeigte ihre Oma Maria als junge Frau in den Armen eines jungen Mannes. Sie schienen um die Wette zu lächeln vor Glück. Doch, das war nicht ihr Großvater. Sie wusste nur zu gut, wie ihre Großeltern früher aussahen, hing doch das Hochzeitsfoto der beiden noch immer im Wohnzimmer. Diesen Mann hatte Anna noch nie gesehen. Sie nahm es vorsichtig und drehte es um. Maria und Tonio, stand da, Sommer 1965. Komisch, dachte Anna, im Herbst 1965 hatten doch Oma und Opa geheiratet.

Anna überlegte kurz ob es richtig war, sich alles anzugucken, immerhin wurde es all die Jahre verschlossen gehalten. Doch dann packte sie alles zusammen wieder in die geheimnisvolle Truhe und nahm sie mit runter in die Küche. Sie wollte sich den Inhalt in Ruhe ansehen, doch erstmal musste sie etwas gegen ihren Hunger tun.

Sie machte sich schnell etwas zum Abendbrot und konnte es kaum erwarten, alles genauer anzusehen. Was für ein Geheimnis steckte in dieser Truhe? Und wer war dieser gutaussehende junge Mann neben ihrer Oma? Sie nahm also ihr Brot, setzte sie sich aufs Sofa und schaute sich den Inhalt der Truhe genauer an. Da war ein Tagebuch, doch das legte sie erstmal beiseite und holte eines nach dem anderen raus. Auf den anderen Fotos war ihre Oma auch mit diesen mysteriösen Tonio abgebildet. Allerdings meist mit einer Gruppe anderer Personen. In der Gruppe entdeckte sie auch ihren Opa. Sie legte die Fotos beiseite, um sich die Briefe etwas näher anzuschauen. Wieder hielt sie inne.

Aber nein, was sollte es, ihre Oma war tot, ebenso wie ihr Opa und sie wollte jetzt endlich wissen, was es mit diesem Tonio auf sich hatte. Was das für Leute auf den Fotos waren und warum Oma immer so ein Geheimnis um diesen Inhalt gemacht hatte.

In der Truhe lag ein Stapel mit Briefen. Sie waren liebevoll mit einem roten Satinband zusammengeschnürt. Anna öffnete die Schleife und stellte fest, dass die Briefe alle nach Datum sortiert waren.

Schon nach kurzer Zeit stellte sie fest, dass die Briefe fast alle von diesem Tonio waren, fast ein Dutzend Briefe.

Doch unter Tonios Namen stand eine Absenderadresse in Italien. Wie passte das mit dem gemeinsamen Foto zusammen?

Anna begann die Briefe zu lesen.

Sie machte immer wieder eine Pause, um das Gelesene erst einmal zu verarbeiten, holte dabei tief Luft.

Tonio war ganz offensichtlich hier im Ort als Gastarbeiter tätig. Leider musste er nach drei Jahren wieder zurück in seine Heimat, da seine Mutter schwer erkrankt war. Oma Maria und Tonio waren ganz offensichtlich ein Liebespaar. Die beiden verband eine sehr innige Liebe. Anna wurde heiß und kalt, damit hatte sie nicht gerechnet.

Tonio erwähnte in seinen Briefen immer wieder seine starke Liebe zu Maria und dass er sie unendlich vermisste. Er bat sie immer wieder, doch zu ihm nach Italien zu kommen um seine Frau zu werden. Anna legte die Briefe beiseite und nahm erst einmal einen großen Schluck von ihrem Tee. Davon hatte Oma Maria ihr nie ein Wort gesagt. Aber hätte sie nichts für ihn empfunden, hätte sie die Briefe von ihm doch nicht aufbewahrt und so liebevoll mit dem roten Satinband zusammengebunden. Anna sollte Maria noch verstehen.

Nachdem Anna von ihrem Abendbrot abgebissen und abermals einen Schluck von ihrem Tee genommen hatte, las sie weiter.

In den zehnten und letzten Brief bat Tonio seine Maria, endlich zu antworten. Seine Mutter war gestorben. Ein Wort von Maria und er würde sofort zu ihr nach Deutschland zurückkommen. Immer wieder bat er sie, ihm doch zu antworten, in den letzten Briefen. Ansonsten wäre dieser hier, sein allerletzter Brief, schrieb er. Da er dann annehmen müsste, dass ihre Liebe zu ihm nicht so groß war, wie die seine zu ihr.

Dieser letzte Brief war von März 1967.

„Das ist ja wohl ein Hammer"! Entfuhr es Anna.

Da war sie doch schon mit Opa Richard verheiratet und Mama war geboren, dachte Anna.

Plötzlich bemerkte sie, dass das Papier irgendwie anders war, so komisch, so wellig. Dann wurde Anna bewusst, dass dieser Brief nass geworden war. Sollte Maria etwa geweint haben? Anna sah sich das Papier genauer an, ja dachte sie, es sah ganz so aus.

Anna legte den Brief beiseite und nahm noch einen großen Schluck von ihrem Tee. Gedanken schwirrten ihr wild durch den Kopf, ihr war fast ein wenig schwindelig.

Wieso hatte Maria nicht auf die Briefe geantwortet? Denn das hatte sie ja wohl offensichtlich nicht. Oder war dieser Tonio einfach nur aufdringlich, hoffnungslos in Maria verliebt? Ohne Zweifel kannte Maria da schon ihren Richard. Wusste Tonio nichts von Richard oder warum erwähnte er ihn in keinen seiner Briefe?

Plötzlich klingelte das Telefon und riss Anna unsanft aus ihren Gedanken. Ihre Freundin Clara wollte wissen, wie weit sie bereits war, ob sie noch rüber kommen sollte zum Helfen.

Clara war ein wahrer Schatz, dachte Anna, eine wahre Freundin. Doch irgendwie wollte Anna jetzt lieber allein sein und überlegte wie sie das ihrer Freundin Clara am besten sagen konnte.

"Ist alles in Ordnung mit dir Anna?" Wollte Clara wissen, weil Anna am Telefon schwieg.

"Oh, ja ja ich möchte nur ein paar Dinge in Ruhe durchsehen weißt du"? meinte Anna.

Natürlich verstand Clara. „Du weißt ja wo du mich findest", sagte sie und wünschte Anna noch einen schönen Abend.

Anna wollte sich noch einen Tee machen, bevor sie weiter in der Truhe stöberte, holte sich dann aber eine Flasche Wein und ein Glas. Sie nahm einen Schluck von dem Wein und versuchte sich zu sammeln.

Sie würde nie und unter keinen Umständen das Tagebuch einer Person lesen. Sie war sich jedoch sicher, dass Marias Tagebuch Antworten auf Ihre Fragen hatte.

Sie kämpfte kurz mit sich. Was würde Maria sagen, überlegte sie. Anna raufte sich die Haare. Warum hatte Maria nur so ein Geheimnis um diesen Tonio gemacht? Wusste Richard eigentlich von ihm?

Sie atmete tief durch und nahm das Tagebuch. Sie überflog die ersten Seiten bis im Herbst 1963 das erste Mal der Name Tonio auftauchte.

Maria arbeitete bei einer Polsterfabrik im Büro. Sie lernte Tonio bei einem Betriebsausflug kennen, da er ebenfalls in der Fabrik arbeitete. Antonio, wie er richtig hieß, und Maria verstanden sich ausgesprochen gut. Ja, auch Maria war in Tonio verliebt.

„Du meine Güte"! Entfuhr es ihr.

Anna musste immer wieder eine Pause machen. Anstatt Antworten auf Ihre Fragen zu bekommen, schienen sich immer mehr Fragen auf zu tun, sie seufzte. Dann las sie weiter… eine halbe Stunde… eine ganze

Stunde. Tränen liefen ihr plötzlich durchs Gesicht, schnell legte sie das Tagebuch zur Seite und nahm sich ein Taschentuch. Sie hatten sich geliebt, wusste Anna nun, und es war die ganz große Liebe.

Maria und Tonio wollten heiraten. Sie planten schon ganz euphorisch, wollten aber noch ein Jahr warten, damit sie genug Geld für eine Hochzeit hatten. Denn Tonios Familie sollte auch aus Italien dazukommen.

Doch dann das. Tonios Mutter war schwer erkrankt, sein Vater war schon verstorben und sein Bruder Franco bat Tonio nachhause zu kommen. Tonio musste einfach nachhause fahren und seine Familie unterstützen. Maria war so unglaublich traurig, wusste sie doch nicht für wie lange.

Aber warum hatte Maria dann nicht auf Tonios letzte Briefe geantwortet?

Anna las weiter. Auch Richard wurde in ihrem Tagebuch erwähnt, er gehörte zu einer Gruppe von ca. acht Gleichaltrigen, die sich regelmäßig für Unternehmungen wie Tanzabende und Ausflüge trafen. Maria erwähnte in ihrem Tagebuch den zweiten Brief von

Tonio, worin er schrieb, dass er wohl länger bei seiner Mutter in Italien bleiben musste. Seine Mutter und sein Bruder bauten Wein an, bauten die Winzerei seines Vaters weiter auf. Seine 58jährige Mutter war eine wichtige Arbeitskraft, die nun fehlte und die Tonio ersetzen musste.

Maria schien unendlich traurig und verzweifelt zu sein. Sie überlegte schon nach Italien zu ihrem Tonio zu gehen. Doch noch nie war sie aus diesem kleinen Ort gekommen und Italien war ein ganz anderes Land. Wie waren dort die Menschen? Würden sie sie überhaupt akzeptieren als deutsche Frau?

Sie wusste ja auch, wie schwer Tonio es hier hatte. Wäre da nicht ihre Clique mit fast zehn Leuten gewesen, hätte Tonio es ganz schön schwer gehabt. Doch diese Clique hielt zusammen und setzte sich füreinander ein.

Komisch, dachte Anna, davon hatten Maria und Richard nie erzählt. Dachte sie kurz, doch dann las sie weiter.

Mehrere Seiten später hatte sie das Gefühl, dass ihr

jemand den Boden unter den Füßen wegzog.

Maria war schwanger. Tonio wurde Vater, doch Maria wollte es ihm nicht sagen. Sie schrieb ihm keine Briefe mehr und fragte sich wieder, ob sie nach Italien gehen sollte. Ein schlimmes hin und her folgte. Maria wusste nicht was sie tun sollte, aber eins stand fest, sie wollte das Kind von Tonio.

Anna wurde heiß und kalt, sie legte das Tagebuch beiseite.

Oh man, sollte etwa Mama? War es möglich? Dachte sie und versuchte sich zu beruhigen. Sie schaute aufs Datum und rechnete nach.

„Das gibt's doch nicht", entfuhr es ihr. "Mama ist...war...", sie konnte es nicht aussprechen. Tränen liefen ihr wieder durchs Gesicht und sie legte das Tagebuch wieder auf den Tisch um sich ein Taschentuch zu nehmen.

All die Gewissens Konflikte die Maria schon quälten und nun bekam sie auch noch ein Kind, ihre Mutter.

Anna brauchte ein wenig Zeit, sich zu beruhigen.

Wusste ihre Mutter davon? Wusste Sofia, dass

Richard nicht ihr Vater war? Sie konnte sie nicht mehr fragen, dachte Anna. Unfassbar, das war alles so unfassbar, dachte sie und versuchte sich zu beruhigen.

Anna wischte sich das Gesicht trocken, nahm einen Schluck Wein und holte tief Luft.

Auf den nächsten Seiten las Anna, dass Maria auf keinen Fall nach Italien wollte. Viel zu groß war ihre Angst vor dem Unbekannten, erst recht mit ihrem ungeborenen Kind. Richard tauchte immer öfter in ihren Zeilen auf. Anfangs fragte er, wann Tonio wiederkommt, dann ob er Maria helfen könnte, bis Richard ihr endlich seine Liebe gestand.

Offenbar hatte Maria Richard daraufhin in ihr Geheimnis eingeweiht. Sie mochte Richard, daran bestand kein Zweifel, doch ihre wahre Liebe war Tonio. Sie sagte ihm, dass sie trotz des Kindes von Tonio, nicht nach Italien gehen konnte. Doch Tonio gehörte dorthin, er musste seiner Familie helfen, daran bestand kein Zweifel und anders hätte Maria es auch nicht gewollt.

Sie wollte nicht, dass Tonio wegen ihr seine Familie in

Stich ließ und sich womöglich den Rest seines Lebens dafür Vorwürfe machte oder sogar hasste.

Richard bat Maria daraufhin seine Frau zu werden. Tonio war schließlich auch sein Freund und er hatte nichts dagegen sein Kind großzuziehen, wenn Maria sich nur vorstellen könnte mit ihm das Leben zu teilen.

Anna überflog den Rest bis Tochter Sofia, ihre Mutter geboren wurde. Das Glück und die gesunde Tochter, die Liebe, der liebevolle Vater Richard, dieses Haus wurde gebaut.

Anna legte das Tagebuch beiseite und stellte fest, dass es bereits dunkle Nacht draußen war.

`Oh je, die Fenster´ rief sie und eilte auf dem Dachboden um sie zu schließen. Wieder unten setzte sie sich, nahm noch einen Schluck von dem Wein und versuchte alles Gelesene zu verstehen.

Nun weiß ich, warum die Truhe verschlossen war, dachte Anna...und deshalb hatte ihre Mutter so wunderschöne dunkle Augen und Haare. Ihre Schwester

Belinda dagegen war blond. Leider war sie mit 25 Jahren schwer erkrankt und starb. Das war sehr schwer für Maria und Richard, hatte Maria ihr mal erzählt.

Anna war damals gerade ein Jahr alt und hatte ihre Tante nie wirklich kennen gelernt. Sie kannte sie nur von den Bildern aus dem Fotoalbum, wo sie auch mal auf ihrem Arm war.

Ein Porträtbild, was Tante Belinda als 21jährige zeigte, hing neben dem Hochzeitsfoto von Maria und Richard.

Auf der anderen Seite hing das Hochzeitsfoto von Annas Eltern. Schon neun Jahre nach dem Verlust ihrer jüngsten Tochter haben sie auch ihre erste Tochter samt ihrem Mann verloren, stellte Anna fest.

Kurz darauf war Opa Richard schwer erkrankt und wenig später gestorben. Da hatten Oma Maria und Anna nur noch sich.

Doch Maria tat alles für Anna und erlaubte ihr eine Menge. Natürlich musste Anna sich auch an ihre Regeln halten. Anna lächelte bei dem Gedanken daran, wie viel Spaß sie in diesem Haus hatte.

Immer wieder wurde Anna gesagt, wie viel Ähnlichkeit sie mit ihrer Oma hatte.

Schräg unter dem Foto von Annas Eltern, hing ein Foto von Anna, was sie an ihrem 21. Geburtstag zeigte. Ja, sie hatte wirklich ganz schön Ähnlichkeit mit ihrer Oma, stellte Anna beim Vergleich der Bilder an der Wohnzimmerwand fest.

Sie ging zurück zum Sofa und räumte alle Briefe und Fotos zurück in die Truhe. Das Tagebuch legte sie oben drauf und verschloss die Truhe wieder. Müde war sie von dem langen Tag und Anna wollte schlafen gehen. Morgen war Sonntag, ob Clara Lust hatte zum Frühstück zu kommen, überlegte sie.

Ich werde ihr einfach eine SMS schicken. Als Anna wenig später fertig aus dem Bad kam, hatte ihre Freundin bereits ihre SMS mit einem Ja beantwortet.

Anna freute sich, stellte den Wecker und legte sich schlafen, was ihr allerdings schwerfiel, nach dem Abend. Die gelesenen Zeilen schwirrten ihr immer wieder durch den Kopf, es dauerte ewig, bis Anna in einen unruhigen Schlaf fiel.

*

Clara erschien pünktlich zum Frühstück und freute sich schon, was ihre Freundin zu berichten hatte. Denn, dass sie etwas zu berichten hatte, sah sie ihr an der Nasenspitze an. Clara drängte jedoch ihre Freundin nicht und sie begannen erstmal mit dem Frühstück.

Anna überlegte und erzählte dann von den Fotos, Briefen und dem Tagebuch in der Truhe. Clara hörte gebannt zu und vergaß fast zu essen. Als Anna mit ihrer Erzählung endete, war kurzes Schweigen.

„Du meine Güte, Anna was hast du jetzt vor", fragte sie schließlich und als Anna sie fragend ansah.

„Na, es könnte doch sein, dass dein wirklicher Großvater noch in Italien lebt." Anna musste zugeben, dass Clara Recht hatte, daran hat sie noch gar nicht gedacht.

„Was soll ich denn deiner Meinung nach machen? Da auftauchen und sagen `Hallo, ich bin deine Enkelin´?"

„Nein, aber wir könnten doch mal schauen, ob er noch das Weingut hat und dann dort in der Nähe Urlaub machen. Wir wollten doch in den Süden. Vielleicht kann man dort ja auch eine Weinprobe machen und du kannst dir ganz in Ruhe deinen Großvater anschauen. Ob du dich zu erkennen gibst, kannst du dir dann immer noch überlegen".

Anna musste zugeben, dass ihr Claras Idee gefiel, denn sie war schon neugierig auf Tonio. Die zwei Freundinnen hatten auch dieses Jahr zur gleichen Zeit Urlaub eingereicht, um gemeinsam zu verreisen. Nach Italien wollte Anna auch schon immer mal. Also warum nicht?

Die beiden Frühstückten weiter und überlegten, wie sie die Sache am besten angehen konnten. Plötzlich stand Anna auf und ging an ihr Notebook.

„Wenn er tatsächlich noch das Weingut hat, ist es vielleicht mit einer Homepage im WWW zu finden", meinte Anna.

Clara war begeistert, nahm noch einen großen

Schluck von ihrem Tee und gesellte sich dann mit ihrem halben Brötchen zu Anna aufs Sofa.

Das Weingut existierte tatsächlich noch. Es hatte auch die gleiche Adresse, wie Tonios Adresse in Italien auf den Briefen.

Doch der Mann, der als Eigentümer dafür warb, konnte nicht ihr Großvater sein, er war viel jünger. Vielleicht 40 oder 45 Jahre alt. Anna war aber irgendwie erleichtert. Was, wenn sie jetzt Ihren Großvater gesehen hätte? Wäre sie dann nicht mehr nach Italien gereist? Irgendwie war Anna ganz schön durcheinander.

Da die beiden Freundinnen schon dabei waren, schauten sie auch gleich, ob es in der Nähe Ferienwohnungen gab. Schließlich war ihr Urlaub schon in drei Monaten. Man konnte auch Zimmer auf dem Weingut haben, doch das wollte Anna lieber nicht. Das Weingut grenzte an einem kleinen Ort, wo man sogar jetzt noch Zimmer und Ferienwohnungen bekommen konnte. Denn der Ort war weit ab vom Massentourismus. Anna und Clara entschieden sich für eine kleine Ferienwohnung in einem größeren Haus. Es hatte sogar im Garten einen Swimmingpool für alle Gäste und eine Grillecke.

Der Preis war auch OK, so dass die beiden die Ferienwohnung sofort online buchten.

„Oh mein Gott, wir haben es getan", Anna ließ sich ins Sofa sinken. Clara lachte.

„Jetzt gibt es kein Zurück mehr, wir werden auf den Spuren deines Großvaters wandeln." Rief Clara freudig.

Lachend gingen die Freundinnen wieder zum Frühstückstisch, um weiter zu essen. Anna setzte noch Wasser für neuen Tee auf und die beiden redeten angeregt über den bevorstehenden Urlaub in Italien.

In den drei Monaten bis zum Urlaub war aber noch einiges zu schaffen.

Anna hatte endlich mit Hilfe von Freunden, den Dachboden komplett renoviert. Nun konnte sie endlich ihre Staffelei vernünftig aufstellen und hatte auch einen guten Platz für Ihre Bilder zum Trocknen. Dort auf dem Dachboden konnte sie sich voll und ganz ihrer Leidenschaft, dem Malen von Portraits und Landschaften, hingeben. Direkt bei dem großen Fenster stellte sie ihre Staffelei auf. Das Licht war heute sehr gut, leider hatte sie aber keine Zeit zu malen. In zwei Tagen ging es los nach Italien und der Koffer musste noch gepackt werden.

Dann endlich war es soweit. Die Koffer waren schon im Auto, bevor Anna und Clara noch etwas vorschliefen. Mitten in der Nacht fuhren sie dann los, fern ab vom täglichen Verkehr oder gar Stau. Bevor es auf den Straßen richtig losging, wollten sie schon über die Grenze in Italien sein.

Eine Kühlbox mit reichlich Getränken und belegten Brötchen, sollten sie bei Laune halten und ihnen ermöglichen, keinen Stop machen zu müssen.

Wie erhofft waren die Straßen fast leer und sie erreichten ohne Probleme die italienische Grenze in den Morgenstunden. Dann fuhren sie weiter über Verona und Bologna, nach Firenze.

Der Rest der Strecke schien endlos über Landstraßen nach San Polo. Anna war ganz verzaubert von der atemberaubenden Landschaft und wünschte, sie hätte mehr mitgenommen zum Malen, als nur ihren Zeichenblock. Doch sie hatte ihre Digitalkamera dabei und machte Fotos, um die Eindrücke festzuhalten.

Um den Sonnenaufgang abzulichten, musste Clara extra auf den nächsten Rastplatz fahren. „Diese Künstler", lachte sie, wollte aber bei dem Anblick auch das Bild haben.

Das Weingut lag im Norden des Chianti Gebiets. Anna und Clara hatten in den letzten drei Monaten auch fleißig Italienisch gelernt, aber zur Sicherheit hatten sie ihr Wörterbuch auch mitgenommen.

Endlich angekommen, stiegen sie aus dem klimatisierten Auto und schauten sich um. Sofort umgab sie eine wunderbare Wärme, gespickt mit dem Duft unzähliger Kräuter. Anna und ihre Freundin waren fasziniert.

Sie blieben einfach für einen Augenblick stehen, um

alles in sich aufzusaugen. Die Landschaft war überwältigend und der kleine Ort einfach nur traumhaft.

Dann kam auch schon die Vermieterin der Ferienwohnung auf sie zu und begrüßte sie. Sie redete sehr schnell, so dass Clara und Anna sich öfter fragend anschauten und dann noch mal nachfragten. Aber irgendwie verstanden sie sich schließlich.

Die Ferienwohnung war in ihrer Einfachheit wunderschön. Die Aussicht auf das Dorf unter ihnen war malerisch. Die Zwei waren begeistert und holten ihre Koffer aus dem Auto.

Der Weg, den sie zu der Ferienwohnung etwas hoch an den Berg gefahren waren, führte noch weiter den Berg hinauf direkt zu dem Weingut. Doch erst einmal gingen die Freundinnen ihre Koffer in die Ferienwohnung bringen und anschließend hinunter ins Dorf, um etwas für den Kühlschrank und fürs Mittagessen einzukaufen.

Während sie die Lebensmittel in den Schränken verstauten, machten sie sich erstmal einen Tee. Danach setzten sie sich kurz, um sich auszuruhen. Sie beratschlagten, was sie die nächsten Tage unternehmen wollten.

Das kuschelige Sofa war sehr bequem und die Müdigkeit breitete sich bei den jungen Frauen aus. Schließlich waren sie auch fast die ganze Nacht durchgefahren. Es wurde immer leiser in der Ferienwohnung, bis es schließlich ganz still war und nur noch das Atmen zwei erschöpfter jungen Frauen zu hören war.

Am Nachmittag wachten sie von Lärm, der durchs offene Fenster drang, wieder auf. Sie mussten lachen, weil sie eingeschlafen waren und beschlossen das eigentliche Mittagessen auf den Abend zu verschieben. Stattdessen nahmen sie erstmal eine Kleinigkeit zu sich.

Nach dem Imbiss wollten sie noch ein wenig spazieren gehen, die Gegend anschauen. Sie wollten die Straße den Berg hinauf gehen, einen Blick auf das Weingut werfen. Trotz der Hitze zogen sie lieber ihre Sportschuhe an, falls der Weg doch noch schwieriger wurde.

Nach fast einer dreiviertel Stunde waren sie auf der anderen Seite des Berges, bei dem Weingut. Hier waren die ganzen Hänge voller Rebstöcke. Der Berg sah irgendwie gekämmt aus oder als sei er mit lauter kleinen grüngeflochtenen Zöpfen versehen, dachte Anna. An den Rändern der riesigen Felder wuchsen teilweise Olivenbäume oder Lavendel. Clara und Anna waren von dem Ausblick begeistert. Sie schauten sich alles erstmal genau an.

Wenig später kamen sie an ein großes Steintor mit einem Holzschild, es kennzeichnete die Zuwegung zum Weingut. Clara wollte zum Weingut gehen, um zu schauen, wann die nächste Weinprobe stattfand. Anna sträubte sich erst, gab dann aber nach. Was sollte schon passieren?

Das Weingut lag auf der Hügelspitze umgeben von Bäumen und Koniferen. Am Wegesrand fand man Lavendel, der sehr weit seinen Duft verströmte.

Der Schotterweg mulmte bei der Trockenheit sehr und die Freundinnen waren froh, dass sie ihre Sportschuhe angezogen hatten. Anna bemerkte, dass sich

Wolken näherten und fragte ihre Freundin, ob sie nicht umkehren wollten. Doch Clara war das egal, schließlich waren sie schon fast da. Sie ging zielstrebig die Auffahrt weiter, neugierig wie es dort wohl aussah. Anna fand das erstaunlich, was für einen Ehrgeiz ihre Freundin entwickelte, als ginge es um ihren Opa. Sie musste lachen.

Nach einigen hundert Metern sahen sie das Weingut im typisch toskanischen Baustil mit parkähnlichem Garten.

„Oh, wie hübsch", entfuhr es Clara, „schau mal Anna". Plötzlich kam ein Wagen die Auffahrt hinauf und überholte die beiden. Der Lieferwagen blieb vor dem Eingang des Hauses stehen und ein Mann mittleren Alters stieg aus.

„Der Mann, der im WWW für sein Weingut warb", stellte Clara leise fest.

Plötzlich kam er den beiden entgegen und fragte auf Italienisch, ob er ihnen helfen könnte. Er redete noch weiter, doch Anna und Clara verstanden es nur bruchstückweise. Hätten sie doch lieber einen Kurs bei der

VHS belegen sollen? fragte sich nun Clara.

Anna schlug das Herz bis zum Hals, sie bekam in dem Moment keinen Ton heraus. Doch Clara sagte:" Uno momento" und holte ihren Spickzettel aus der Tasche. Ein Blick darauf und sie fragte den Mann auf Italienisch, wann die nächste Weinprobe war.

Als der Mann antwortete, schaute Clara leicht irritiert und fragend. Doch Anna hatte verstanden und übersetzte es Clara.

„Ah, sie kommen aus Deutschland", stellte er mit italienischem Akzent, aber in Deutsch fest.

"Sollen wir für zwei Personen...äh...freihalten, Si?" Fragte er. „Aber ja", antwortete Clara schnell, „dass wäre Klasse."

Er erzählte dann noch, dass der Weinprobe eine Führung durch das Weingut voranging. Er selbst, Francesco, würde sie machen und seine Cousine Isabella machte das Essen zur Weinprobe. Er zeigte auf eine Frau, die gerade aus dem Haus kam und ihn rief. Die Mädchen bedankten sich und verabschiedeten sich mit einem `Tschau, Francesco´.

Erst als die Mädchen das Tor zur Auffahrt des Wein-gutes passierten, blieben sie stehen. „Na, war doch gar nicht so schlimm", meinte Clara lachend.

„Ich weiß nicht, ob das so eine gute Idee ist", schaute Anna ihre Freundin fragend an. „Was soll denn schon sein? Wir machen hier Urlaub und dort eine Wein-probe. Du guckst dir die Leute an, und wenn du nichts sagen willst, sagst du nichts. Es liegt doch alles bei dir, " stellte Clara fest.

Plötzlich bemerkten die jungen Frauen, dass es auf einmal ganz dunkel geworden war und der Donner ei-nes herannahenden Gewitters riss die Freundinnen aus ihrem Gespräch. Sie begannen schnellen Schrit-tes den Weg zurück zu Ihrer Ferienwohnung zu lau-fen. Doch ein paar hundert Meter davor, öffnete sich der Himmel und ließ Unmengen Wasser auf sie herab. So kam es ihnen jedenfalls vor. Sie waren innerhalb kürzester Zeit vollkommen durchnässt.

Doch schon zwei Stunden später, umgezogen und trocken in der Wohnung, konnten sie darüber lachen. Bei ihrer selbstgemachten Pasta und ein Glas Rotwein dazu, war alles gar nicht mehr so schlimm.

Anna hatte, als sie später schlafen ging, immer noch ein mulmiges Gefühl, beim Gedanken an die morgige Weinprobe. Aber ja, was sollte schon passieren? Tonio hatte scheinbar Familie und Oma Maria sicher schon vergessen, wenn er überhaupt noch lebte, dachte sie und schlief ein.

Am nächsten Tag gingen Anna und Clara morgens in ein Museum in einer etwas größeren Stadt in der Nähe, wo es auch einige interessante Geschäfte gab. Das heißt, nach dem Museumsbesuch und dem Mittagessen, ging es zum Shoppen.

Die beiden jungen Frauen waren ganz begeistert von der Mode, die dort zu finden war und mussten aufpassen, dass sie nicht in einen Kaufrausch kamen. Fast hätten sie auch noch die Zeit vergessen.

Doch sie kamen noch rechtzeitig zur Weinprobe und Führung, am späten Nachmittag auf dem Weingut. Zum Glück war heute nichts von einem Gewitter zu sehen und sie konnten die Weingutführung bei schönstem Wetter genießen.

Insgesamt zehn Personen hatten sich heute dazu auf dem Weingut eingefunden und lauschten Francescos Worten.

Darunter waren ein deutsches Ehepaar mit seiner Tochter und fünf Wanderfreunde aus Österreich. So erzählte Francesco alles in Deutsch mit einem herrlich italienischen Akzent.

Das Weingut war ein Familienbetrieb mit einigen Arbeitern aus dem Dorf. Man würde es in Deutschland als mittelständisches Unternehmen bezeichnen, berichtete er. Die Weine waren im Bereich des erschwinglichen und die Freundinnen beschlossen nach Möglichkeit einige Flaschen nach Hause mitzunehmen.

Es gab eine Menge Wissenswertes und sie bekamen einige Trauben zum Probieren, die sie dankend annahmen. Es war nämlich ganz schön heiß in dem Weinberg.

An einem Berghang zeigte Francesco ihnen die wunderbare Aussicht und welche Größe das Weingut hatte.

Etwas abseits stand ein alter Mann vor einer Staffelei mit dem Rücken zu der Gruppe. Er hielt die Aussicht in Öl auf Leinwand fest. Anna war ganz fasziniert von seiner Pinselführung und näherte sich ihm leise. Sie blieb eine Armlänge hinter dem alten Mann stehen und starrte auf das Bild. Es sah unglaublich real aus, sie wollte unbedingt sehen, wie er das schaffte.

Als der Mann hinter sich jemanden bemerkte, drehte er sich um und sah sie an.

Er riss die Augen auf und ging einen Schritt zurück. „Maria!?" Entfuhr es ihm und er stieß gegen die Staffelei. Anna hechtete im Reflex mit einem Satz nach vorne und versuchte das Bild und die Staffelei festzuhalten, was ihr gerade noch gelang. Sie hielt es vorsichtig am Rand und drehte sich zu ihm.

Er schaute sie mit offenem Mund und blassem Gesicht an.

„Nono, ich heiße Anna", mehr wusste Anna nicht zu sagen. Ach, wie konnte das nur passieren. Ihr Blick fiel hilflos zu der Gruppe, die immer noch Francescos

Worten lauschte. Sie wollte den alten Mann doch nicht erschrecken... Äh, Maria? Dachte Anna. Sagte er nicht Maria?!

„Scuse....Verzeihung, ich hatte Sie mit jemanden verwechselt", stammelte der alte Mann. Anna stellte die Staffelei samt Bild wieder sicher auf den Boden.

„Antonio", rief da Francesco und ob alles okay sei.

Anna musterte Antonios Gesicht, als er Francesco antwortete. Sie konnte es kaum fassen, es war...

„Tonio!" Entfuhr es ihr.

Ihre Hand glitt in ihre Umhängetasche und holte ein Buch heraus, in das sie sorgsam ein altes Foto aufbewahrte.

Er schaute sie augenblicklich an und seine Augen wurden glasig.

„Nur Maria nannte mich Tonio", meinte er ebenfalls mit italienischem Akzent und schaute sie fragend an.

Längst sammelten sich auch Tränen in Annas Augen, als sie vorsichtig das alte Foto aus dem Buch hervorholte und ihm reichte. Seine Finger streichelten sanft über Marias Abbild und eine einsame Träne lief durch sein Gesicht.

„Si, Maria und Tonio, das bin ich", sagte er und schaute plötzlich suchend zur Gruppe. Anna verstand.

„Nein, Maria ist nicht hier, sie ist….", Anna konnte nicht weiter reden, sie schnappte nach Luft und weinte.

Tonio kam einen Schritt vor und legte Anna die Hand auf die Schulter. Sie wusste gar nicht wie ihr geschah, auf einmal so von Gefühlen überwältigt, fing sie an wie verrückt zu weinen. Tonio zog sie zu sich, so dass sie ihren Kopf an seine Schulter legen konnte. Er tröstete sie, er weinte selbst.

„Antonio?" Fragte Francesco noch einmal und kam besorgt ein paar Schritte auf sie zu. Doch Tonio winkte ab und so fuhr Francesco mit einem Schulterzucken die Führung einfach fort. Clara überlegte kurz, schloss sich dann aber der Gruppe an.

Anna fing sich nach einigen Minuten langsam, wischte sich die Tränen fort und begann zu erzählen. Sie holte noch ein Foto aus dem Buch hervor und zeigte es Tonio. Ihre Eltern waren darauf zu sehen, Tonios Tochter Sofia und Mann.

Anna erzählte ihm von Marias Gewissenskonflikt und was passiert war, Tonio schien auf Italienisch vor sich her zu schimpfen, dann wiederrum streichelte er Annas Hand.

Sie entschuldigte sich bei ihm, sie wollte ihm nicht so einen Kummer machen, war nur neugierig nach dem Fund auf dem Dachboden.

Tonio schüttelte aber den Kopf und bedankte sich bei ihr, dass sie gekommen war. So oft hatte er sich gefragt, was mit Maria war, was sie machte. Er erzählte von seiner Liebe zu ihr und dass er sofort zu ihr gekommen wäre, hätte sie sich nur gemeldet. Sie war gerührt von seiner lieben Art, von seiner Freude in den Augen, dass sie gekommen war.

„Du hast mir ein großes Geschenk gemacht, eine Tochter und Enkelin", lachte er, während ihm die Tränen aus den Augen liefen, diesmal Freudentränen.

Später wurden die zwei zum Essen und der Wein-

probe gerufen. Tonio stellte seiner Familie freude-
strahlend seine Enkelin Anna vor. Das gab ein großes
Hallo.

Sie wurde von seiner Familie herzlich begrüßt, in den
Arm genommen und gedrückt. Sogar Isabella wurde
extra aus der Küche gerufen, um ihre Nichte zu be-
grüßen.

Sie wurde so unglaublich geherzt von ihr, dass Anna
fast die Luft wegblieb. Clara kam, umarmte auch ihre
Freundin vor Freude, was Anna zum Anlass nahm,
ihre Freundin vorzustellen.

Schließlich hatte sie Anna dazu gebracht, nach Italien
zu fahren und nach ihren Ahnen zu forschen, lachte
sie.

Nun wurde auch sie herzlich aufgenommen und begrüßt, auch kamen Glückwünsche von den anderen
Teilnehmern, bis man sich endlich setzte und zu essen
begann.

So wurde die Weinprobe zu einem kleinen Festessen
und alle feierten mit und tranken auf ihr Wohl und
wünschten der Familie viele schöne gemeinsame

Jahre.

Spät am Abend brachte Isabella die Mädchen mit dem Auto zu Ihrer Ferienwohnung, doch schon am nächsten Tag wollte sie die zwei wieder abholen. Antonio wollte Anna die ganze Familie vorstellen. Das gab ein großes Fest. Doch zunächst einmal, musste Anna etwas schlafen. Nur, dass sie wach in ihrem Bett lag und an den Abend dachte.

Sie war von allem überwältigt, der Freude, der Liebe, der Herzlichkeit.

Ja, Tonio hatte recht`, Mama hatte seine braunen Augen. Tränen liefen ihr übers Gesicht, mindestens eine für jedes verpasste Jahr.

Am nächsten Tag hatte Anna so einige Mühe, sich die ganzen Namen zu merken. Alle wollten das Bild von ihren Eltern, von Sofia sehen, und beglückwünschten Tonio zu seiner, wenn auch verstorbenen, Tochter. Anna war überwältigt von der italienischen Familienfeier zu ihren Ehren.

Von den Menschen, die sie so liebevoll aufnahmen.

Über dem Kamin, am Ende der Tafel, hing ein großes Portrait von Antonios Eltern. Er hatte es selbst gemalt, was Anna auch ohne seine Signatur gesehen hätte.

Es wurde immer wieder den Ahnen zugeprostet und viel gelacht. Tonio hatte außer ihr noch 2 Enkel, Antonia und Matteo. Antonia war in ihrem Alter und begeistert, nun jemanden in ihrem Alter in der Familie zu haben.

Alle wollten dann wissen, wie sie Tonio gefunden hatte und warum erst jetzt. Anna holte ein wenig aus, erzählte von ihrer Leidenschaft, dem Malen. Dass sie vor fünf Jahren Großmutter Marias Haus geerbt hatte und den wunderschönen Dachboden zum Atelier ausbauen wollte. Er musste erst entrümpelt und aufgeräumt werden und dabei fand sie die geheimnisvolle Truhe und endlich den Schlüssel dazu.

„Wer hätte das gedacht, da finde ich meinen wirklichen Großvater auf dem Dachboden", lachte Anna und hob ihr Weinglas. „Ja, meine ganze italienische Familie", lachte sie und Freudentränen rollten über ihre Wangen.

Sie hatte das Gefühl, nicht mehr allein zu sein und das war sie auch nicht.

Erkenntnix

An einem Sonntag im Oktober sahen wir ihn das erste Mal. Ein lustiges kleines Kerlchen von dreieinhalb Kilo, welches aufgeregt an der Leine hin und her lief. Wir bekamen noch einige Informationen zu ihm von der Pflegestelle. Herrchen und Frauchen hatten sich getrennt. Frauchen hasste das Herrchen-liebende-Knäuel und lies ihre schlechte Laune über die Trennung wohl an ihm ab, bis der Hund anfing Frauchen zu beißen und zu hassen. Der einst geliebte Welpe wurde wenige Jahre später auf einmal gehasst, getreten und geschlagen,

nicht wirklich gefüttert oder umsorgt. Keiner kann das verstehen.

Er war wohl lange nur in der Wohnung
und Futter warf man ihm hin, wenn man
ihn aus einer Ecke locken wollte.
Bis ihn jemand von der Frau weg
holte.
Dann suchte man ein neues Zuhause für
ihn und da kamen wir ins Spiel.
Da ich ein Frauchen bin, welches sich
hauptsächlich um die Hunde kümmert,
kamen mir Zweifel. War ich der Auf-
gabe gewachsen? Ein verstörtes,
Frauen hassendes Wollknäuel zu Hän-
deln und zu lieben.
Doch der kleine Rüde hatte sich schon
längst in unsere Herzen geschlichen.
So trat wenig später der kleine 4jäh-
rige Langhaar- Chihuahua mit uns die
Reise nach Hause, für ihn in eine
neue Welt, an.

Schon auf der Fahrt stellen wir fest, dass er Autofahren nicht kennt, aber durchaus wohl mochte. Mit großen Augen verfolgte er neugierig alles genau, etwas aufgeregt, aber nicht ängstlich, von Herrchens Schoß aus. Schnell merken wir, dass er nicht unser einziges neues Familienmitglied war, er hatte seinen eigenen Flohzirkus dabei. Doch unsere Hände ertasteten leider noch anderes. Ein Knubbel am vorderen Beinchen lies erahnen, dass es mal gebrochen war, und auch zwei seiner Rippen schienen gebrochen gewesen zu sein. Meine Hand wollte ihn während der Fahrt streicheln, aber er zog seine Lefzen hoch und ich hielt lieber wieder beidhändig das Steuer.

Das Vertrauen als Frau musste ich mir wohl erst verdienen, dachte ich.

Zuhause wartete unsere Hündin Melody, auch ein Langhaar-Chihuahua und freute sich auf die Fütterungszeit. Melly, wie wir sie alle nannten, kam damals mit 12 Wochen zu uns. Schnell noch die Schälchen abtrocknen, dachte ich, doch der Griff nach dem Geschirrtuch ließ mich erschrecken. Ein zähnefletschendes Fellknäuel versuchte mir in die Füße zu beißen.

„Aha", bemerkte ich, „damit haben sie dich also auch geschlagen." Ich versuchte meine Tränen zu unterdrücken und tat das Tuch wieder weg.

Der eben gefüllte Napf des neuen Familienmitgliedes war in Nullkommanix leer, so dass er unsere Hündin von ihrem Napf weg biss, um auch ihres zu fressen. Also die nächste Fütterung in getrennten Räumen, dachte ich.

Um eine Flohdusche kamen wir an diesem Abend nicht herum, durften die Hunde doch mit in unser Schlafzimmer. Da er Frauen so feindselig gegenüber war, offensichtlich ja auch nicht ohne Grund, nahm ich Herrchen als Verstärkung zum Duschen mit.

Zitternd vor Angst, die Zähne fletschend und manchmal beißend hatten wir es aber trotzdem gut überstanden. Beim vorsichtigen Abtrocknen mit dem Handtuch lernten wir sehr schnell aus seinem Beißbereich zu bleiben.

In der Nacht merkten wir, wie sinnvoll die Anti-Flohdusche war, denn ein völlig durchgekühltes kleines Fellknäuel bahnte sich nach kurzer Zeit einen Weg unter unsere Decke. Herrchen schlief immer so unruhig, so krabbelte der kleine Eisklumpen lieber zu Frauchen unter die Decke und legte sich an die Beine.

Der nächste Tag ließ mich ganz deutlich erkennen, dass er nichts kannte. Kein Autofahren, keine regelmäßigen Mahlzeiten, keine Spaziergänge, weder in der Natur noch in der Stadt, kein streicheln, kein geliebt werden, kein Spielen…einfach Nix.

Doch der kleine Rüde, nennen wir ihn mal Erkenntnix, musste dadurch. Schließlich sollte er das Leben kennen lernen und zwar von seiner angenehmen Seite.

Erkenntnix hatte Angst vor den Blättern, die der Wind vor uns auf der Straße her wehte, vor den Kühen auf der Weide, vor Bäumen, vor Mülltonnen, vor Zweigen, die seine Beinchen berührten, vor Geräuschen und endlos viel anderen, was für uns völlig normal war.

Aber Erkenntnix lief gerne an der

Leine und war interessiert an seiner neuen Welt. Trotz der Angst, die Neugier siegte und das war sehr gut.

Im November wurde es viel kälter und schon nach einer halben Stunde merkte ich, dass Erkenntnix nicht vor Aufregung zitterte, wie sonst beim Spaziergang. Ich animierte die Bonsaiwölfe zu einem Rennen, doch sein kleiner Körper hörte nicht auf zu zittern. Kein Wunder dachte ich, hatte er doch so dünnes Fell und er war auch noch etwas unterernährt.

Ein Pullover musste her und zwar schnell, überlegte ich und ließ Erkenntnix, mit dem Po voran, in meine Umhängetasche aus dicken, doppelten Fleecestoff gleiten. Ein Glück wiegst du nur etwa 3 Kilo, dachte ich.

Zitternd und Zähne fletschend ließ er es geschehen. Ich versuchte ruhig zu bleiben und steckte meine Hand in die Seite der Tasche, als Wärmequelle sozusagen.

Nach kurzer Aufwärmphase wurde er wieder zum Laufen entlassen. Welch eine Freude bei ihm…

Ein Pullover aus Schurwolle war an dem Abend für diese Größe schnell gestrickt und zu meinem Erstaunen ließ er ihn sich, zwar erst Zähne fletschend, aber dann doch bereitwillig, anziehen.

Die Gassigänge waren gesichert, doch der Machtkampf in der Wohnung begann. Schon in den ersten Tagen hatte ich gelernt, dass es besser für mich war, die Schuhe in der Wohnung anzubehalten. Maßregelte ich meine Kinder, stand er Zähne fletschend vor mir. Schimpfte ich mit meinen Kindern oder redete laut, versuchte er mir in die

Füße zu beißen. Vom ersten Augenblick an, hatte er die Kinder in sein Herz geschlossen. Doch ganz besonders hatte es ihm unser Sohn angetan. Er durfte Dinge mit ihm machen, woran ich nie denken würde.

Schimpfte ich deshalb mit meinem Sohn, wurde ich Zähne fletschend von Erkenntnix weggejagt.

Später schien er der Meinung zu sein, er wäre der Chef und ich hätte auf dem Sofa nichts zu suchen. Nach Beißattacken mir gegenüber, kam er wieder runter vom Sofa und einmal sogar aus dem Wohnzimmer, da er nicht aufhörte. Solche Szenen ließen mich zweifeln das Richtige getan zu haben. Doch aufgeben kam für mich nicht infrage.

Ich muss ruhig und positiv bleiben, damit diese Energie auf ihn übergeht, sagte ich mir.

Sein verkorkster Magen von der schlechten, wenn überhaupt, Fütterung früher, ließ ihn die erste Zeit den Inhalt auch noch mal fressen. Bekam er morgens nicht früh genug sein Fressen, spukte er Galle und biss mich weg, beim Versuch den weißen Schaum aufzuwischen. Von der gekauften Heilerde ein Teelöffel täglich in sein Futter brachte alles wieder in die Bahnen, doch es dauerte ein halbes Jahr.

Er lernte schnell unsere Wörter, kam bei `Geschirr abmachen´ angerannt und bei dem Wort `Leckerli´. Lernte Sitz und Platz, und tobte mit Freude hinter dem Ball her oder einem anderen Spielzeug.

Oft lag er bei unseren Füßen, wenn wir auf dem Sofa saßen. Standen wir auf, hatten wir eine Fußhupe, wenn wir ihn berührten, was wir natürlich nicht so toll fanden.

So nahmen wir ihn wieder hoch aufs Sofa, wo auch unsere Hündin lag. Längst hatte er gelernt, dass wir Rudelführer waren.

Immer öfter blieb er, immer länger auf dem Sofa oben, merkte dass es ein besserer Platz war und entspannte von Mal zu Mal mehr.

Dreimal am Tag Futter bekommen, zum Gassi raus und rein, Geschirr an und aus und eine Hand, die ihn dabei sanft berührte. Er merkte meine Ruhe, spürte meine Liebe und suchte meine Hand, wenn ich das Geschirr abnahm. Immer öfter wollte er gestreichelt werden, erst nur kurz, dann immer länger. Nur sehr langsam fasste er Vertrauen, aber wen wundert das.

Manchmal nahm ich ihn auf den Arm und wir schauten aus dem Küchenfenster, das gefiel ihm. Jede Berührung, jede Streicheleinheit saugte er in sich auf, wie ein trockener Schwamm. Nach kurzer Zeit auf meinem Arm vor dem Fenster, ließ ein tiefer Seufzer seinen Körper beben, so ein kleines Seelchen und so viele Narben dachte ich. Ich streichelte sie behutsam weg, jeden Tag, jede Woche, jeden Monat ein wenig mehr. Immer öfter schmiegte er sich an meine Seite, suchte Nähe, und ich spürte wie sich der kleine, gepeinigte Körper auf meinem Arm langsam entspannte. Doch das war schlagartig vorbei, wenn mein Körper ihm signalisierte, dass ich ihn runtersetzen wollte.

Das anfängliche `Zähne fletschen mit Beißbereitschaft´ ist mittlerweile allerdings in `protestierenden Knurren´ übergegangen, bei meiner langsamen ruhigen Bewegung dem Boden entgegen, um ihn vorsichtig abzusetzen. Kein weiterer Kommentar an diese Stelle, außer vielleicht ...*wie können einige Menschen nur...?*

Der erste gemeinsame Urlaub stand an, doch als wir sein Kuschelkörbchen ins Auto packten, ließ ihn das wohl das Schlimmste vermuten. Zähnefletschend wurde ich weg gebissen. Dabei sollten die Hunde es doch nur bequem haben während der Fahrt und ein Körbchen zum Schlafen in der Ferienwohnung. Ich ging und ignorierte es. Während der Fahrt entspannte er sich wieder allmählich.

Schnell merkte er im Urlaub, dass alle den ganzen Tag da waren, wir gemeinsam etwas unternahmen. Vier Menschen und ein Hund waren und sollten seine neue Familie bleiben. Aus Erkenntnix wurde Percy, damit er mit seinem alten Namen auch sein altes Leben vergessen konnte.

Er nahm den Namen sofort an, hörte auf ihn und seine Fortschritte gingen in großen Schritten weiter. Viel früher hätten wir ihn umbenennen müssen, dachte ich.

Die Ferienwohnung schien Percy gut zu gefallen. Ein Sprung auf die Lehne des Sessels, ermöglichte ihm nach draußen zu gucken. Ein Geräusch im Treppenflur und er verteidigte auch hier bellend seine Familie.

Das Zähnefletschen wurde von Tag zu Tag weniger, dann von Woche zu Woche und von Monat zu Monat. Längst wusste Percy, dass Handtücher nicht wehtun, wenn auch das Abtrocknen für ihn etwas unangenehm war. Wenn es ihm zu viel wurde, schnappte er.

Auch lernte er, dass nicht alle Frauen böse waren, doch er ließ sich trotzdem nicht von jeder Frau streicheln. Duschen war immer noch nicht das Schönste für ihn, aber er ließ es brav geschehen.

Die Gassigänge waren wohl das Schönste und das Aufregendste. Je entspannter er wurde, desto öfter und länger durfte er ohne Leine laufen.

Ein kleines Wettrennen mit Hündin Melly ist auch mal ganz nett. Halt, was roch da denn so gut. Erst mal eine Nase voll schnuppern…

Der zweite Winter bei uns…sein Fell war nun deutlich dicker und er weigerte sich, den Pulli anziehen zu lassen. Doch der eisige Wind auf dem freien Feldweg beraubte jeden seiner Wärme. Gut nur, dass ich die dicke Fleece Tasche mitgenommen hatte. Doch Percy lief eisern weiter mit

seinen stolzen 3,5kg und einem mittlerweile muskulösen Körperbau.

Fressen gab es nun wieder im gleichen
Raum, Näpfe nebeneinander. Percy
Schlingfuß bekam eine 30cm Kette aus
einem Baumarkt ins Fressen, damit er
besonnener fraß und Fräulein Melly
brauchte seitdem keine Angst mehr um
ihr Futter haben. Sie hatte ihr Futter längst auf, bevor Percy fertig
war.
Ich hatte ihn sanft vom Thron gesto-
ßen, denn er war hier weder Chef noch
Einzelkämpfer. Er konnte sich beruhigt dem Rudel anvertrauen, hier
wurde für ihn gesorgt. Regelmäßiges
Fressen, Streicheleinheiten, Knabbe-
reien, Trockenfleisch, Gassigänge,
Ausflüge, Hundetreffen und vieles
mehr.
Immer öfter lag er nach etwa zwei

Jahren mal ganz entspannt auf seinem Rücken. Immer öfter brauchte es mehr als ein kleines Geräusch, damit er hochschnellte.

Ich wurde nicht mehr bewacht und er suchte öfter meine Nähe. Liebte es außerdem, sich auf dem Sofa an die Beine meiner Tochter zu kuscheln. Dort fühlte er sich sicher.

Schaute ich aus dem Fenster, ob die Kinder aus der Schule kamen, sprang er an meinen Beinen hoch, wollte auf meinen Armen auch rausschauen.

Noch immer schrie er auf vor lauter Panik, wenn beim Gassi ein kleiner Zweig oder ähnliches seine Hinterbeine berührte oder wir beim Streicheln. Niemand weiß, ob er je sein vorheriges Leben vergessen kann, seine Ängste. Wir werden alles tun, dass er möglichst angstfrei leben kann und ihn lieben wie er ist.

Je entspannter er war, desto näher ließ Melly ihn an sich heran. Nebeneinander auf dem Sofa liegen und spontane Wettrennen ließen mich auf eine innige Hundefreundschaft hoffen.

*

Dein halbes Leben warst du nun schon bei uns. Das erste war noch nicht ganz vergessen, wird es wohl auch nie.

Im letzten August musstest du mit uns die Melly gehen lassen. Du warst acht Jahre alt und Melody wurde nicht mal zehn.

Eine Freundschaft war es nie geworden, eher ein akzeptiertes Miteinander.

Und doch hattest du sie gesucht und

schienst sie zu vermissen, genau wie wir.

Du warst nun der Pascha im Rudel, wurdest von allen noch mehr beachtet, umsorgt und geknuddelt. Jedenfalls bis du wieder die Zähne fletschst, um uns zu erinnern, dass du kein Kuschelhund warst.

Nie wieder einen zweiten Hund, hatte ich gesagt und doch kam ich Mitte Juni wieder mit so einem Fellbündel an.

Ein zappeliges Etwas, unterwürfig und sich ständig anbiedernd. Verstört, weil das Frauchen verstorben war. Kannte nicht an der Leine laufen und du solltest ihr zeigen, wie man draußen Pipi machte.

Eine leichte Übung und schon nach kurzer Zeit hattest du sie zum Markieren abgerichtet, laufen an der Leine ging auch nach zwei Tagen und der Schnupperkurs klappte sehr gut. Das kleine Fellbündel wurde Pia genannt, aber das war eine andere Geschichte…

Männer und der Herbst

Pünktlich zum Herbst sind sie wieder in den Gärten. Sehen Sie sie auch?
Die Männer, gehüllt in wetterfester Kleidung, ausgerüstet mit den neuesten Schneidgeräten und Häckslern. Idealer Weise alles vollelektronisch kämpfen sie den fast aussichtslosen Kampf gegen das wuchernde Gestrüpp, Bäume, Blätter und Büsche. Jedes Jahr zur gleichen Zeit, man kann direkt seine Uhr danach stellen.

Darum seid gewarnt, ihr lieben Frauen. Beginnt niemals in dieser Zeit einen Streit mit eurem Mann. Denkt an die liebevolle Aufzucht eurer Mandel- Kirsch- oder Buchsbäumchen. Sie könnten sich in Bonsai´s oder gar nackte Stümpfe verwandeln. Natürlich nicht absichtlich, nein. Kann ja mal passieren oder?

Nun, es sind natürlich nicht alle Männer gleich und da haben sie absolut recht, also teilen wir die Herren der Schöpfung mal in zwei Gruppen.

Da haben wir zum einen die... ja, nennen wir sie mal die Kreativen.
Das Grobe wird mit der Motorsäge vorsichtig entfernt. Immer wieder geht Mann ein bis zwei Schritte zurück. Um voller Wonne das entstehende Meisterwerk zu begutachten. Er schneidet hier noch ein bisschen und dort noch.
Dann wird die nagelneue Astschere geholt. Jetzt geht es an die Feinarbeit.

Für einen Kamm sind die Äste leider zu dick. Leider! So wird mit der Hand immer wieder über den Buchsbaum gestrichen und Millimeter genau alles angeglichen.

Egal wie klein der Garten ist, es dauert bis die Dämmerung einbricht. Nun werden die Blätter und Äste sorgsam zusammen geharkt. Auch die Blätter aus dem Blumenbeet.

Vorsichtig heraus geharkt oder mit der Hand geholt. Das Ganze dann mittlerweile schon bei Dunkelheit und die ein oder andere Nachbarin erschrickt, beim plötzlichen Auftauchen der dunklen Gestalt im Vorgarten mit Mütze und Harke.

Wenn Sie so ein Exemplar zu Hause haben, nehmen sie sich am besten etwas vor für den Tag. Es darf auch später werden, dann müssen sie sich DAS nicht ansehen. Er ist bis zum Abendbrot eh nicht fertig.

Oder gehört ihr Mann zur zweiten Gruppe?

Der absoluten Null Bock auf diese ganze sch… schöne Gartenarbeit hat. Er macht es nur, weil sie ihm schon seit Wochen in den Ohren liegen.

Wieder willig stürmt er also endlich los in den Garten, bewaffnet mit der Motorsäge, die sie ihm letzten Geburtstag mit Liebe geschenkt haben, hinein in das scheinbar nie endende Gestrüpp.

Kaum hat er das Gerät in der Hand, die Motorsäge gestartet, mutiert er zum Rambo. Gnadenlos geht er gegen die störenden Eindringlinge vor. Unter gröbster Missachtung der Baumschnittgesetze wird einfach Alles, was im Weg ist, niedergemetzelt. Spätestens nach einer Stunde seines Treibens, betrachtet er stolz die übrig gebliebenen Stümpfe. Denen er das wilde Treiben wenigstens für die nächsten zwei bis drei Jahre ausgetrieben hat.

Danach wird alles grob zusammen geharkt. Wohlgemerkt grob!!

Auch die Blätter von den Blumenbeeten

werden grob und rücksichtslos heraus geharkt. Dabei die ein oder andere Blume
eben mit.

Der Garten sieht nach dieser Aktion aus,
als wäre ein Tornado durchgefegt.

Wollen sie sich diesen schmerzlichen Anblick ersparen? Dann sollten sie an diesem Tag zuhause bleiben. Gehen sie fröhlich mit ihm in den Garten, bewaffnet
mit einer Harke und sagen sie ihm mit
netter Stimme, wo geschnitten werden
darf. Niemals aber belehrend, denken sie
an Rambo und ihren liebevoll bepflanzten
und aufgezogenen Garten.

Später dann, vielleicht beim Abendbrot,
sagen sie ihm, was für ein schöner Tag
es war, mit ihm im Garten. Wie stolz sie
sind, dass sie so viel geschafft haben.

Eine Maske in London

Nach einer gefühlten Ewigkeit entschied sich der Kunde endlich für ein Brillengestell und Beatrix Blackmore atmete innerlich auf. Natürlich war sie wie immer gewohnt freundlich und hatte sich nicht anmerken lassen, dass sie heute etwas unter Zeitdruck stand. Doch so war es heute am Samstagabend tatsächlich, denn ihre Freundin hatte heute eine Vernissage und Beatrix versprach ihr, zu helfen.

Sie hatte im Vorfeld ihren Chef Mr. Richard Winthorpe gefragt, ob sie eine Stunde eher gehen dürfte und er erlaubte es ihr freundlicherweise. Hatte sie doch noch nie gefragt, ob sie eher gehen durfte. Beatrix war eher die, die immer länger blieb und aufräumte. Eine äußerst fleißige Mitarbeiterin mit einem sehr lieben Wesen. Ja, Richard Winthorpe schätzte sie sehr.

Zum Abschied lächelte er ihr mit seinen strahlendweißen Zähnen zu und wünschte noch `Viel Spaß´ bei der Vernissage.

Sein Lächeln ermunterte Beatrix ihn zu fragen, ob er nicht auch kommen wollte. Mr. Winthorpe überlegte kurz und erwiderte dann: „Wenn ich meine Arbeit rechtzeitig fertig schaffe, ja sehr gerne.‟

Ihre Kollegin Aurelia Williams hatte sie ebenfalls schon vor einer Woche gefragt, ob sie nicht Lust hätte nachzukommen, aber sie hatte verneint und winkte ihr nun zum Abschied und wünschte ihr ebenfalls viel Spaß.

Eiligen Schrittes ging Beatrix nun allein durch die dunklen Straßen und stolperte in einer Nebenstraße beinahe über ein Dreirad. `So was um diese Zeit noch draußen stehen zu lassen´, dachte sie und klappte den Kragen ihres Wollmantels hoch, um dem kalten Novemberwind so wenig Angriffsfläche wie möglich zu geben.

Die ersten Kunstfreunde waren schon da, als Beatrix in die hellen Räumlichkeiten der Vernissage eintrat.

Sie winkte ihrer Freundin Peggy zu und verschwand im Nebenraum, um ihren Mantel abzulegen. Zog ihre Bluse gerade und ihren engen schwarzen Rock ebenfalls und war schon einsatzbereit.

Wenig später war sie in der Küche, schnappte sich ein Tablett mit gefüllten Sektgläsern, um sie an alle Besucher zu verteilen.

Ja so war sie, die Beatrix. Immer hilfsbereit und freundlich, stellte ihre eigenen Bedürfnisse in den Hintergrund und war für jeden da, der Hilfe brauchte.

Da sie aber noch nichts zum Abend gegessen hatte, wurde ihr nach kurzer Zeit etwas schwummerig und sie torkelte in ihren Pumps leicht. Ihre Freundin Peggy sah es und kam schnell zu ihr. Natürlich war klar, dass Beatrix einen Happen essen musste und sie befahl ihr, dass Tablett abzustellen und sich erstmal selbst am Buffet zu bedienen. Beatrix wiedersprach ihr, denn schließlich war sie ja zum Helfen gekommen.

Peggy war jedoch hartnäckig, rief ihren Bruder herbei und bat ihn, Beatrix zum Buffet zu begleiten, damit sie auch wirklich etwas aß.

Das machte Paul wirklich sehr gerne, hatte er schließlich eine Menge für Beatrix über. So kam er freudig an und bucksierte sie ans Buffet. Nach kurzem Sträuben fügte sich Beatrix und folgte Paul, der ihr sogleich einen Teller in die Hand drückte und ihn auch schon mit allem Möglichen füllen wollte. Doch nun war Beatrix ganz bestimmt und bestand darauf, sich selbst zu nehmen, was sie essen wollte. Während sie ihren Teller mit einigen leckeren Sachen füllte, versuchte es Paul auch schon wieder. Er erzählte ihr von sich, versuchte sie zu beeindrucken und umgarnte sie. Beatrix war sehr genervt.

Seit Jahren versuchte er bei ihr zu landen, ließ sich die wildesten Sachen einfallen um ihre Gunst zu erlangen, doch erfolglos. Beatrix empfand einfach nichts für den pummeligen kleinen Nager, ja er hatte wirklich etwas von einem Biber. Sie war es einfach leid, ihm zu sagen, dass er nicht ihr Typ war. So stopfte sie sich den Mund voll und kaute alles schnell durch, um sich gleich wieder den Mund zu füllen, nur um ihn nicht auf seine Fragen antworten zu müssen. Schnell war der Teller leer und Beatrix widmete sich mit dem Tablett voller Sektgläser wieder den Kunstinteressierten. `Nur weg hier´, dachte Beatrix. Sie war sonst nicht so, aber Paul begriff es einfach nicht.

Die Vernissage schien ein Erfolg zu sein. Es war Peggy Applegate´s erste Ausstellung ihrer Bilder und die Leute waren einfach nur begeistert. Es gab viele Anfragen zu den Werken und erste

Verkäufe. Beatrix freute sich mit ihrer Freundin über den Erfolg, woraufhin sie lange gearbeitet hatte.

Einer der Fans und soeben Kunde bestand darauf, dass Beatrix einen Sekt mit ihm trank, da die Künstlerin schon wieder zum nächsten Kunstinteressierten war, um Rede und Antwort zu eines ihrer Werke zu geben. Obwohl Beatrix darauf bestand, bei ihrer Flasche Wasser zu bleiben, ließ der Kunstfreund nicht nach, er war sehr hartnäckig und wenigstens einen Sekt könnte sie doch mit ihm trinken. Er musste ja zumindest mit jemanden auf den Kauf anstoßen, wenn nicht mit der Künstlerin selbst, dann doch wenigstens mit ihr, einer hübschen Vertretung. Es war dann noch ein Sekt mehr und Beatrix hatte wenig später einen leichten Schwips.

Als endlich alle Kunstbegeisterten weg waren, wollte Beatrix den Rest noch aufräumen. Doch Peggy bestand darauf, dass Feierabend war und erst am nächsten Tag alles aufgeräumt wurde.

Peggy wollte Beatrix mit dem Auto nach Hause fahren, doch diese winkte ab und bestand darauf das kleine Stück, was entgegen Peggys Richtung lag, zu Fuß zu gehen.

Sie lachte bei Peggys Bedenken, bezüglich der späten Stunde und eine Frau allein in der Dunkelheit, klappte sich den Kragen von ihrem Wollmantel hoch und ging nach einem `Gute Nacht´ einfach los.

Der kalte Wind blies immer noch unerbittlich und ließ sie endgültig wieder wach und nüchtern werden. Es war nichts auf den Straßen los, aber kein Wunder, denn die Uhren zeigten schon halb zwei.

Beatrix überlegte kurz die Abkürzung durch den Park zu nehmen, blieb dann aber doch lieber auf der Straße. Denn es war trotz Laternen sehr dunkel und unheimlich im Park. Ja, irgendwie hatte sie plötzlich ein ungutes Gefühl.

Sie war noch nicht ganz am Park vorbei,

als sie plötzlich etwas hinter sich hörte.

Sie drehte sich ruckartig um, spürte einen furchtbaren Schmerz in ihrem Herzen und schaute in hasserfüllte, ihr bekannte Augen. Ihre Hände griffen automatisch an die schmerzende Stelle, erfühlten den Schaft eines Messers und ihr eigenes warmes Blut, dass rasend schnell aus ihrem Körper strömte. So, wie ihr Leben.

Sie sackte zusammen ohne einen Schrei, kein Wort verließ ihre Lippen. Das letzte Wort, welches sie dachte war `Warum`?

Sonntagmorgen kurz nach 5 Uhr.
Kommissar Smith wurde mit einem Anruf unsanft geweckt. Ein kurzer Austausch und er sprang aus dem Bett. Wenig später traf er auf seinen Sergeant White, der nicht minder begeistert aussah, an einem Sonntagmorgen so früh geweckt worden zu

sein. Als sie am Fundort der Leiche ankamen, war bereits alles abgesperrt. Schon erstaunlich wie viele Schaulustige am frühen Sonntagmorgen sich an der Absperrung sammelten, dachte Smith und bahnte sich einen Weg hindurch.

Die äußerst magere Gerichtsmedizinerin Susan Steel stand gerade auf und nickte ihm zu.

Ein kurzer Austausch und er wusste, dass es sich bei der Toten um Beatrix Blackmore handelte. Sie wurde von vorne mit dem Messer erstochen, musste also ihren Mörder gesehen haben.

Smith wollte gerade Susan fragen, da kam sie ihm zuvor.

„Nein, ich denke sie konnte weder schreien noch was sagen." Dann folgte noch eine fachliche Erklärung warum, von der er nichts wirklich verstand, zu so früher Stunde.

Smith lächelte und nickte. „Gedanken kannst du offenbar auch lesen", meinte er zu ihr, „auch ihre?" Fragte er die

Gerichtsmedizinerin und zeigte auf die Tote am Boden. „Leider nein", antwortete sie mit einem Lächeln.

„Schade", entgegnete er ihr und schaute sich um.

Smith und White nahmen die Handtasche des Opfers an sich und schauten, was sich darin so verbarg. Neben dem üblichen, was Frau so in der Tasche hatte, fanden sie ihren Wohnungsschlüssel.

So gingen sie zu ihrer Wohnung, die gleich um die Ecke war, denn am Tatort gab es nichts mehr für sie zu tun.

Die Wohnung war klein, ordentlich und sehr liebevoll eingerichtet. Offenbar wohnte sie allein.

Man suchte nach Anhaltspunkten, Terminplaner, Kalender, Tagebuch oder was sonst noch Informationen enthalten könnte, wo sich die Tote am Abend zuvor aufgehalten haben könnte.

Als sie endlich fündig wurden, knurrte ihnen so laut der Magen, dass sie beschlossen, erstmal etwas frühstücken zu gehen.

*

Peggy vermisste ihre Freundin am Sonntag schon bei den Aufräumarbeiten, dachte aber ihre Freundin schläft aus und wollte sie auf keinen Fall wecken. Sie hatte ihr schon so viel geholfen, fand Peggy, da sollte sie sich nur Ausruhen. Den Rest schafften sie auch allein und schon war sie eilig am Aufräumen.

Erst als Inspektor Smith mit seinem Sergeanten an der Glastür stand und seinen Dienstausweis zeigte, bekam sie ein ungutes Gefühl.

Wenig später musste sie hören, dass ihre beste Freundin Beatrix ermordet worden war. Ein Hundehalter, oder besser gesagt sein Hund, hatte Beatrix im Gebüsch am Rande des Parks gefunden. Peggy wurde schwindelig und der Sergeant holte sofort einen Stuhl, damit sie sich setzen konnte.

Sie rang um ihre Fassung, schüttelte immer wieder den Kopf und meinte verwirrt: „Nein, das kann doch nicht sein, ich hab doch Paul gebeten...“ Sie verstummte, ärgerte sich, es laut gesagt zu haben, aber andererseits...

Nun wollte der Kommissar alles genau wissen und schon wurde ihr Bruder Paul gerufen. Dieser war in der Küche gerade dabei, die Getränkekisten zu stapeln und sortieren.

„Ja, meine Schwester bat mich ihr nachzugehen, weil es doch so spät war, aber ich…glauben sie etwa? Nein, ich hab damit nichts zu tun. Ich bin ihr nach, ja…..aber ich hab sie nicht mehr gesehen, es war ja auch sehr dunkel.“

„Aber die Straßen waren doch sicher um die Zeit Menschenleer, da muss sie Ihnen doch aufgefallen sein. Sie wissen doch welchen Weg sie nehmen musste oder?“

„Ja, natürlich …äh…“, er schritt nervös von einem Bein aufs andere, „aber da war wirklich keine Menschenseele zu sehen.

Ich wusste ja auch nicht, ob sie durch den Park oder die Straße lang geht."
Als Sergeant White alles notiert hatte, verabschiedeten sich die Zwei und gingen mit dem Verweis darauf anzurufen, wenn ihnen noch etwas zu dem Abend einfiel, White reichte Peggy eine Karte.

„Der Junge gefällt mir nicht, er ist der Hauptverdächtige", meinte Smith im Auto zu White, „aber schauen wir uns erst mal die anderen Gestalten an".
Doch der Rest vom Sonntag blieb auch Sonntag und man ging erst am Montag zu Beatrix´s Chef um ihn zu befragen.

Richard Winthorpe schien wirklich er-schüttert, wie Smith fand. Er beschrieb Beatrix als sehr verantwortungsvolle, engagierte Kollegin, die ihren Beruf liebte. Er schüttelte immer wieder den Kopf und rang um Fassung.
Inspector Smith fragte sich, ob er sie wirklich so sehr schätzte oder nur

schauspielerte.

Routinemäßig wurden alle befragt, also auch die Kollegen von Beatrix, ebenso nach ihren Alibis und Smith war sich seiner Sache mit dem Hauptverdächtigen nicht mehr ganz so sicher.

White notierte alles haargenau und nach der Befragung aller, gingen sie hinaus in die Sonne, die den kalten Novembertag allerdings auch nicht wärmer machte.

Nun ging es zur Überprüfung der Alibis ins Büro.

Beatrix´s Chef wollte eigentlich ja zur Vernissage nachkommen, entschied sich aber angeblich dann doch, nach Hause zu fahren, da er dort auch noch eine Menge Papierkram hatte. Natürlich hatte er keinen Zeugen, da der Mittdreißiger trotz seines guten Aussehens immer noch Single war.

Die Sache an sich fand Smith schon merkwürdig, außer der Mann war in seine Arbeit verliebt.

Aber wer macht am Samstagabend noch Papierkram, wenn er zu einer Vernissage eingeladen ist?

Leider konnte auch keiner der Nachbarn bestätigen, ihn gesehen zu haben, da sie schon schliefen. So rutsche auch Mr. Winthorpe auf die Liste der Verdächtigen.

Die Kollegin Aurelia Williams wurde von Peter Stone, einem weiteren Kollegen mit dem Auto mitgenommen. Zumindest durch die halbe Stadt, dann musste er in eine andere Richtung.

Er setzte sie an einer Bushaltestelle ab, der Bus kam auch sogleich und er sah sie einsteigen.

White meinte zu Smith, dass diese Aurelia ihm irgendwie gespielt freundlich rüberkommt.

„Man kann sich nicht sicher sein, wie sie es wirklich meint", fand er und fragte sich laut, ob sie das permanente Lächeln wohl vor dem Schlafen abschraubte.

Smith lachte und sagte dann ernst zu White: „Dieser Paul soll herkommen, ich will ihn noch mal befragen".

Sichtlich nervös saß Paul wenig später im Verhörraum und antwortete auf die Fragen von Inspektor Smith.
Er habe doch schon alles gesagt, meinte er immer wieder und nahm das Angebot, ein Glas Wasser, dankend an.
„Ich will ehrlich zu Ihnen sein", Smith stellte ihm ein Glas Wasser auf den Tisch. „Ich glaube nicht, dass sie Beatrix nicht mehr gesehen haben an dem Abend. Was war da genau los?" fragte er ihn direkt.
Paul nahm einen großen Schluck vom Wasser, überlegte und fing an zu stammeln.
„Doch ich…aber… Na gut, ich hatte sie noch gesehen, aber sie hatte mich immer nur abblitzen lassen, auch an diesem Abend. Sauer war ich auf sie, ich mochte sie schon immer, wissen Sie, aber sie hat mir immer nur einen Korb gegeben.

Ich wäre nicht ihr Typ, hatte sie gesagt". Er nahm noch einen Schluck Wasser. „Scheiße, ich hatte echt keine Lust sie nach Hause zu bringen, sie in meiner Nähe zu haben. Da bin ich einfach nach Hause gegangen".

„Haben Sie denn noch jemanden an diesem Abend gesehen? Jemanden, der sie verfolgte oder beobachtet hatte? Überlegen Sie Paul, es ist wichtig." Smith hoffte sehr, dass der junge Mann ihn etwas sagen konnte.

„Nein, es war niemand da, die Straße war wirklich wie ausgestorben sonst", versicherte er.

„Hm, also eine Sackgasse", meinte Smith wenig später zu White, als Paul schon gegangen war.

„Wir sollten alle hier antanzen lassen, der Reihe nach oder?" schaute White Inspektor Smith fragend an.

„Nein, wir gehen noch mal zu den Kollegen, ich habe da so ein Gefühl, als wenn da jemand nicht alles gesagt hat."

Die liebe Kollegin Aurelia war in der Tat sehr gespielt freundlich. Smith hasste so was, aber darum ging es hier nicht. „Ach Gottchen, die liebe Bea war ja so ein Schatz", trällerte sie geradezu und strich ihr blondes, langes Haar mit der rechten Hand nach hinten. „Ich kann mir gar nicht vorstellen, wer ihr so etwas antun kann. Sie war so eine liebe freundliche Person". Sie schien am Boden zerstört und musste erstmal die Nase putzen. Danach nahm sie einen Schluck von ihrem Kaffee.

Smith und White hatten, den ihnen angebotenen, Kaffee dankend abgelehnt und sahen sich in dem hellen Aufenthaltsraum um.

Aurelia sei nichts aufgefallen und sowieso, konnte sie sich beim besten Willen nicht vorstellen, wer was gegen so eine liebe Person haben könnte.

Auch die Befragung der anderen brachte

leider nichts, doch als die zwei zurück zum Auto gingen, bekam Inspektor Smith einen Anruf.

„Ah, Hallo. Ja, was denn? OK…aha, oh das ist gut, dass Sie mich angerufen haben. Wissen Sie welches Taxi-Unternehmen?... Danke Ihnen, Sie haben uns sehr geholfen". Wir fahren sofort zur Taxizentrale von den Weißen", meinte er kurz zu White und sprang ins Auto. Unterwegs erklärte er White, dass Paul sich an ein Taxi von den Weißen in der Straße erinnerte. Eine neue Spur, die unbedingt ausgeleuchtet werden musste.

Es dauerte nicht lange, dann hatten sie die Liste von den Taxifahrern, die an diesem Abend gefahren waren und noch einen Moment später, welcher Fahrer in der Zeit zum Park gefahren war. Er hatte gerade Dienst und wurde in die Zentrale gerufen, 10min später war er da und stellte sich den Fragen der beiden Ermittler.

Smith und White mussten aber nicht lange

fragen...

„Ja, das war eine echt hübsche Blondine. Ich hatte sie am Ende der Stadt abgeholt, hab mich noch gefragt, was sie so spät beim Park will. Halten sollte ich vor dieser Vernissage, das war etwa um halb 12, sie sah aber nur zum Fenster dort rein. Als ich dann weiter wollte sah ich, dass sie zum Park ging. Echt komisch die Frau, nachts in den Park zu gehen…", endete er kopfschüttelnd.

Smith hatte noch einige Fragen und wenig später fuhr er mit White wieder zu dem Optiker.

Aurelia war leicht genervt, beim Anblick des Inspektors.

„Haben Sie noch was vergessen?" fragte sie gespielt freundlich.

„Ja, wir würden gerne noch wissen, was Sie mit der Tatwaffe gemacht haben, mit der Sie Beatrix erstochen haben." Kam Smith zur Sache.

„Was fällt Ihnen ein? Das ist ja wohl eine Frechheit…" war sie empört. „Man

hat Sie gesehen, geben Sie auf", entgegnete Smith ihr ruhig und Aurelia sah ihn
einige Momente starr an.

Ein fieses Lachen hallte plötzlich durch
den Raum. White und Smith hatten zum
ersten Mal das Gefühl, dass das nicht
gespielt war.

„Diese armselige Beatrix, dachte ich
durchschaue ihr Spiel nicht". Wieder
schrilles Lachen im Raum. „Macht sich an
Richard ran, wo ich schon seit Jahren
sein Herz versuche zu gewinnen". Zu dem
irren Lachen gab es dieses Mal auch das
echte Gesicht dazu.

`Nun kam das wahre Gesicht hinter der
freundlichen Maske zum Vorschein´ dachte
Smith und gab White ein Zeichen. Dann
hörte man neben dem Lachen, noch die
Handschellen zuschnappen.

Freiheit

„Hallo Mama, ich bin es!" Petra ging mit dem Telefon aufs Sofa und kroch wieder unter die Wolldecke. „Ach Liebes, wieso meldest du dich denn jetzt erst?"

„Tut mir leid. Ich bin gestern früh ins Bett, ich hatte Fieber. Ich bin seit gestern auch krankgeschrieben, mich hat es tüchtig erwischt", Petra kramte ein Taschentuch hervor und putzte sich geräuschvoll die Nase.

„Her je, Liebes, was sagen denn deine Kollegen dazu? Hast du schon nette Kollegen kennen gelernt? Wie sind denn eure Ärzte dort an der Klinik, sind die nett?"

„Mama, was du wieder alles wissen willst", Petra schüttelte den Kopf. „Ich habe eine sehr nette Kollegin hier, wir sind schon eher Freundinnen…", fing Petra an zu erzählen, als ihre Mutter sie unterbrach. „Du, ich muss jetzt aufhören der Papa und ich wollen einkaufen. Liebes, übermorgen rufst du doch wieder an oder? Tschüss, Liebes".

`Klack´ machte es am anderen Ende und Petra legte das Telefon auf den Tisch.

`Ja, danke Mama´ sagte sie und lehnte sich frustriert zurück in die Kissen.

Sie war wirklich krank, aber diesmal eher von ihrer Arbeit.

Sie wollte nie Krankenschwester werden, der Ehrgeiz ihrer Mutter hatte sie dazu gemacht. Sie bekam schon seit Wochen, ja Monaten, Bauchschmerzen beim Gedanken an ihre Arbeit, auch wenn sie die Schichten mit Birgid hatte, ihrer Freundin.

Das versorgen von nörgelnden, kranken Menschen war einfach nicht ihr Ding.

Aber sie war ja ein `braves Kind´. Oh man, wie sie das nervte.

Glücklich fühlte sie sich nur, wenn sie malte.

Egal ob mit Kreide, Wasserfarben, Acryl oder Öl.

Ja, da konnte sie eintauchen in eine schöne Welt voller Farben und Fantasien. Dann fühlte sie sich einfach unendlich frei.

Doch als sie zuhause wohnte, konnte sie nur heimlich malen. Denn ihre Familie tat es als Kinderei ab.

`Du bist doch kein kleines Mädchen mehr´, hörte sie noch ihre Mutter.

Seit einem Jahr wohnte sie nun aber in dieser Stadt, rund 300km von ihren Eltern weg. Sie war mittlerweile 25 Jahre alt und hatte schon vor Jahren damit angefangen, heimlich eine gute Sammlung an Bildern zu malen. Versteckt bei ihren Freundinnen, die sehr von ihren Werken angetan waren und dafür mit einem Portrait, von sich in Öl, belohnt wurden.

Vor einem Jahr konnte sie endlich ihre Schätze zu sich holen. Sofort hatte sie sich ans Werk gemacht und alle katalogisiert, außerdem hatte sie auf der Internetseite der Stadt geschaut, was kulturell dort so lief.

Ja, sie war nun ein viertel Jahrhundert alt und wollte endlich so leben, wie sie es für richtig hielt.

Diese fast täglichen Anrufe zuhause mussten auch endlich mal aufhören. Aber wenn sie sich nicht mindestens alle zwei Tage bei ihren Eltern meldete, gab es riesen Vorwürfe und Krach.

Ihr war durchaus klar, dass es richtigen Krach sowieso in absehbarer Zeit gab, doch bis dahin wollte sie ihre Ruhe, brauchte ihre Kraft für ihr Vorhaben.

Sie versuchte schon seit einiger Zeit, Kunstmaler der Stadt kennen zu lernen. Das war gar nicht so einfach, wenn man nicht wusste, wo sie sich aufhielten. Umso größer war ihre Freude, als sie erfuhr, dass es am Wochenende eine Ausstellung einiger von ihnen in der Stadthalle gab. Sie würde am Freitag wieder arbeiten gehen, komme was wolle, damit sie am Freitagabend dort hingehen konnte. Noch war sie auf ihre Arbeit finanziell angewiesen und musste alles dafür tun, sie zu behalten. Doch sie wollte es einfach schaffen, nicht mehr davon abhängig zu sein. Darauf hoffte sie seit ihrer Jugend, dass hielt sie aufrecht. Natürlich war nicht alles schrecklich in ihrer Jugend, sie dachte an die Urlaube in den Bergen…

Heimlich hatte sie damals bei nächster Gelegenheit Skizzen gemacht, erinnerte sich Petra.

Sie stand auf und machte sich einen Tee und etwas Toast.

Während sie aß, kam ihr eine Idee für ein neues Bild. Sie sah es ganz deutlich vor sich, stand auf und begann zu malen. Es war ein blauer Enzian in einer kleinen, grünen Insel in mitten von kahlem Steinboden. Sie war damals beim Wandern auf dem Berg ausgerutscht und als sie ihre Augen öffnete, war er ganz nah vor ihr, im Hintergrund der schneebedeckte

Gipfel vom Nachbarberg und endlos blauer Himmel. Sie hatte das Bild wie damals vor Augen und übertrug es auf die Leinwand.

Sie war gerade mitten im Schaffen, als das Telefon abermals klingelte. „Petra wie geht es dir? Ich will gleich einkaufen, kann ich dir was mitbringen?" fragte ihre Freundin Birgid besorgt. „Ach Birgid, das ist total lieb von dir, aber ich hab noch alles. Danke, dass du an mich gedacht hast. Obwohl…," Petra überlegte kurz, „die Taschentücher gehen zu Neige. Wenn du so lieb sein willst". „Klar, deshalb ruf ich doch an. Ich brauch hier noch ein bisschen, bin dann in etwa 2 Stunden bei dir. Tschüss, bis dann."

Die liebe Birgid...eine Arbeitskollegin die ihr zur liebsten Freundin wurde. Sie halfen einander wo sie konnten und sagten sich die Meinung, ohne dass es der Andere krummnahm.

Zudem konnten sie zusammen ohne Ende lachen.

Als Birgid fast zwei Stunden später bei Petra erschien, hatte sie natürlich auch etwas zum Essen für Petra mitgebracht.

„Ich mach uns jetzt eine kräftige Hühnersuppe. Mein Vater hat immer gesagt, das ist das Beste bei Grippe oder Erkältung".

Petra lachte und ließ ihre Freundin in der Küche machen, während sie weiter an ihrem Bild malte.

Wenig später stellte Birgid die heiße Suppe auf den Tisch und bat Petra zum Essen.

Beim Anblick ihres neuesten Werkes meinte sie:

"Was wird das denn wieder Unglaubliches! Diese herrlichen Farben..", Birgid war begeistert. Petra erzählte ihr von ihrem Vorhaben und ihre Freundin freute sich schon auf das fertige Werk.

Nach der Suppe ging es Petra deutlich besser. „Dein Vater hat Recht," sagte sie zu Birgid und lachte.

*

Der Freitag kam und Petra ging wieder
arbeiten. Sie fühlte sich auch wieder
fit und sah dem heißersehnten Treffen
gestärkt entgegen.
Endlich war es soweit, Birgid war so
lieb und begleitete Petra, die vor Aufregung ganz schusselig war.
Eine Menge Leute waren gekommen, die
Beiden mischten sich drunter und sahen
sich die Werke an. Sie hatten noch nicht
alle Bilder angesehen, da kamen sie mit
dem ersten Künstler ins Gespräch. Erst
sprachen sie über verschiedene Techni-
ken, es wurde gefachsimpelt und ausge-
tauscht. Für Birgid waren das alles böh-
mische Dörfer und so stand sie wohl etwas unglücklich daneben, als ein netter
junger Mann mit zwei Sektgläsern auf sie
zukam. Er stellte sich als Jo Jensen
vor, reichte ihr eins der Gläser und

fragte, ob er ihr seine Werke zeigen dürfte. „Sehr gern", erwiderte Birgid, nahm das Glas lächelnd entgegen und ließ sich zu seinen Werken führen. Auch er hatte sich dem Realismus verschrieben, genau wie Petra und sie fragte ihn, woher er seine Motive nahm.

Ein leidenschaftliches Gespräch entfesselte sich und Birgid war ganz in seinen Bann gezogen. Er verstand es hervorragend zu erzählen.

Die Zeit verging wie im Fluge, auch für Petra und sie wurde von Ben Tendert, wie sich ihr gegenüber irgendwann vorstellte, eingeladen im Anschluss mit den Künstlern noch zu einer netten Runde zusammen zu sein. Sicher würde sie da ausreichend Antworten auf ihre Fragen bekommen, versicherte er ihr.

Sehr gerne blieb Birgid im Anschluss auch dabei, war sie doch dem Charme von Jo Jensen erlegen.

Sie gingen in ein nah gelegenes Lokal, dass sich als Szenelokal entpuppte.

Überall an den Wänden hingen Ölgemälde und Petra fragte sich, wie viele davon wohl als Bezahlung für durchzechte Nächte hingen. Sie lachte.

Als endlich alle mit einem Getränk ausgestattet waren, wurde sie gebeten, sich vorzustellen.

Sie erzählte kurz, wie lange sie malte, dass sie neu in der Stadt war und ständig bemüht, ihre Technik zu verbessern.

Aber auch, dass sie Gleichgesinnte suchte und gerne wissen würde, wo sie ihre Werke ausstellen konnte, ob es einen Verband gab, dem sie sich anschließen konnte und vieles mehr.

Fragen über Fragen und viele Antworten.

An Ende des Abends fiel Petra erledigt ins Bett, zufrieden und glücklich, endlich Gleichgesinnte getroffen zu haben.

*

Am nächsten Morgen dachte sie gerade

über den Abend nach, als Birgid mit einer Tüte Brötchen vor der Tür stand.

Was war denn mit ihrer Freundin los? So kannte sie sie ja gar nicht. Doch schon nach kurzer Zeit wurde Petra bewusst, was es war. Birgid war nämlich über beide Ohren verliebt in Jo. Jo hier und Jo da, es ging fast kein Satz ohne Jo.

Petra hörte sich alles geduldig an, bis sie irgendwann meinte: „Meine Güte, dich hat es ja voll erwischt!"

Birgid wurde schlagartig rot im Gesicht. „Oh, ist das so offensichtlich?" fragte sie tatsächlich.

Petra lachte laut los. „Na du redest von nichts anderem mehr", sagte sie ihrer Freundin.

Die zwei schauten sich an und lachten dann beide lauthals los. Sie hatten noch viel Spaß an dem Morgen, bis sie dann mittags zur Schicht mussten.

Am nächsten Tag ging Petra zu einer Dame, die ihre Scheune für Ausstellungen quasi kostenlos zur Verfügung stellte, wie sie an dem Abend erfahren hatte. Bei der Eröffnung musste Petra natürlich den Sekt besorgen und die Dame wollte gerne ein Bild als Miete.

Das fand Petra in Ordnung und so wurde ihre Ausstellung für den übernächsten Monat geplant. Petra hatte Glück, denn ein Künstler hatte abgesagt und so konnte sie den Termin haben.

Petra und Birgid machten ihre Ausstellung bei den Zeitungen bekannt, druckten Plakate und verteilten sie.

Petra stellte die Bilder zusammen, die sie ausstellen wollte und schrieb die Preiskärtchen.

Sie war wahnsinnig aufgeregt… ob jemand kommen würde, wie ihre Bilder ankamen und wie die Eröffnung wohl werden würde. Ihre Künstlerkollegen hatten ihr Kommen zugesagt und sie war auf ihre Meinung gespannt.

Dann endlich war der Tag X. Petra war

schrecklich müde, sie hatte am Vortag Frühschicht und bis in die Nacht hinein, waren sie in der Scheune mit den Vorbereitungen beschäftigt.

Sie machte sich erstmal einen starken Kaffee. Ein Glück, dass sie heute frei hatte, dachte sie, während sie sich ein Frühstück zur Mittagszeit bereitete.

Den Katalog mit all ihren Werken nahm sie an diesem Abend mit und legte ihn auf den dafür vorgesehenen Tisch.

Sie staunte nicht schlecht, als sich wenig später die Scheune füllte. Die Plakate und Zeitungsberichte hatten wohl ihr nötiges getan. Noch war nicht offiziell eröffnet und so schlich sie durch die Leute unerkannt und hörte sich an, was sie zu ihren Bildern sagten. Man war tatsächlich des Lobes, sie konnte es kaum fassen und fühlte sich glücklich wie schon lange nicht mehr.

Man suchte sie dann, es war Zeit die Ausstellung offiziell zu eröffnen. Petra bedankte sich bei den Gästen, für das

Erscheinen und fragte, ob auch jeder ein Glas mit Sekt oder O-Saft bekommen hatte. Außerdem machte sie darauf aufmerksam, dass die Scheune den ganzen November samstags und sonntags geöffnet war.

Sie stand natürlich gerne für Fragen zur Verfügung und wünschte allen dann viel Spaß.

Raunen und Klatschen ging durch die Reihen und die Leute wandten sich wieder den Bildern zu. Sie nahm einen großen Schluck von ihrem Sekt mit Orangensaft, als schon der Erste kam und sie bat, etwas zu einem Bild zu sagen.

Eine Stunde verging und noch keiner hatte ein Bild gekauft bzw. sein Interesse bekundet, es zu tun.

Petra überlegte gerade ob es wirklich so eine gute Idee war, aber so erfuhr sie ja auch mal, wie die Bilder bei den Leuten ankamen, dachte sie.

Dann kam plötzlich ein Herr auf sie zu,

offensichtlich ein Geschäftsmann, um sie zu fragen, ob er bei drei Bildern Mengenrabatt bekäme.

Petra war erst sprachlos, dachte er mache einen Scherz, nickte dann aber und als er sagte, dass er drei von den Stillleben für sein Büro wollte, fragte sie: „Welche denn?"

Sie gingen gemeinsam, gefolgt von seiner Frau, zu der Ecke mit den Stillleben und er zeigte ihr seine drei Favoriten. Natürlich bekam er Rabatt. Sie besprachen alles Notwendige und im Anschluss bedankte sich Petra bei ihm.

Doch bevor Petra einen weiteren Schluck nehmen konnte, kam schon der nächste Gast und fragte, wie viel sie für ein Portrait nahm. Er hatte ein Foto dabei und hielt es ihr Erwartungsvoll entgegen. Dann zeigte er auf die ausgestellten Portraits und fragte ob es auch Ölgemälde wären und sie die Leute tatsächlich nur anhand des Fotos gemalt hätte. Viele Leute, viele Fragen und ein langer

Abend. Aber auch eine überglückliche Petra, die einige ihrer Werke verkauft hatte und viele Visitenkarten verteilte. Ein Anfang war gemacht und er war besser gelaufen, als sie in ihren kühnsten Vorstellungen geträumt hatte.

Sie brauchte immer mehr Zeit zum Malen, so fiel ihr gar nicht auf, dass Birgid nicht mehr kam. Bis sie eines Tages von ihr gefragt wurde, ob sie sie gar nicht vermisste.

Petra schaute erstaunt hoch, als sie sich gerade den Kaffee für die Pause nahm. „Du, tut mir leid aber ich male im Moment viel und …doch, jetzt wo du es sagst." Petra wurde ganz rot im Gesicht. „Bitte sei mir nicht böse, Birgid" stammelte sie. Birgid schaute Petra ernst an, dann fing sie an zu lachen. „Petra, du bist so beschäftigt, dass du gar nicht gemerkt hast, dass ich auch beschäftigt bin. Ich sag nur Jo, Jo Jensen." Birgid schaute überglücklich. Die Freundinnen steckten die Köpfe zusammen, redeten und lachten die ganze Pause. An diesem Tag beschlossen die Beiden, nach der Schicht zusammen zu Abend zu essen. Viel zu lange war ein Treffen her und sie hatten sich viel zu erzählen.

Birgid erzählte von ihrem Jo, der eigentlich Johannes hieß und Petra erzählte ihrer Freundin, was sich bei ihr so alles getan hatte. Eine Menge Aufträge, mehr schon als sie Zeit zum Malen hatte und sie überlegte ernsthaft, ob sie ihre Arbeit als Krankenschwester aufgeben sollte.

„Ist das dein Ernst?" fragte Birgid.

„Ja, es war immer mein Traum und es scheint, ich kann ihn endlich leben. Frei sein und tun was man will! Birgid, ich habe Aufträge bis ins nächste Jahr hinein, stell dir das mal vor. Wenn ich es jetzt nicht wage, wann dann?" Petras Augen leuchteten vor Freude. Birgid stand auf und nahm ihre Freundin in den Arm. „Ich wünsche dir weiterhin so viel Erfolg." Sagte sie und freute sich mit ihr.

Sie redeten noch lange an diesem Abend, denn sie mussten am nächsten Tag erst ab Mittag arbeiten.

Es gab viel Arbeit, denn neue Patienten waren dazu gekommen, aber die beiden lachten trotzdem zwischendurch viel.

Da machte es auch nichts, dass die Oberschwester offensichtlich schlechte Laune hatte und die Beiden tadelte.

Was kümmerte es Petra, sie hatte ihre schriftliche Kündigung dabei und würde sie bei Feierabend abgeben.

Ab Januar würde sie sich dann ganz dem Malen widmen, sie fühlte sich unglaublich leicht. Eine riesen Last war ihr vom Herzen gefallen. Doch bis dahin wollte sie noch ordentlich ihren Dienst verrichten und so riss sie sich zusammen und ging zum nächsten Patienten.

Kaum zuhause klingelte das Telefon. „Liebes, du meldest dich ja wieder nicht. Was ist denn los bei dir? Du hast doch nicht etwa Probleme?" Fragte ihre Mutter besorgt.

„Nein, alles in Ordnung", versicherte ihr Petra, „hab nur eine Menge zu tun." Oh nein, dachte Petra, ihr muss ich es auch noch sagen. Sie bekam schlagartig Magenschmerzen.

Ihre Mutter informierte sie indes.

„Wir feiern übrigens am ersten Weihnachtstag alle zusammen. Wir treffen uns um zwölf zum Mittag essen". „Mama ich weiß noch nicht, es soll die nächsten Tage noch mehr Schnee geben und über Weihnachten auch. Außerdem habe ich Nachtdienst bis 6:00 Uhr morgens." „Das ist ja prima Liebes, dann kannst du ja zum Mittag da sein, kannst dich hier ja ein bisschen aufs Sofa schlafen legen. So viel Schnee wird das schon nicht, außerdem werden die Straßen ja auch geräumt. Du, ich muss jetzt aufhören wir müssen noch weg. Liebes, übermorgen rufst du doch wieder an oder? Tschüssi".

„Tschüss" erwiderte Petra und legte auf. Klasse, nicht mal eine Chance es ihr zu sagen hatte sie. Sie musste wirklich arbeiten, aber abgesehen davon, wollte sie dieses Weihnachten nicht nach Hause fahren. Sie hatte so viele Aufträge, dass sie keine Zeit hatte, zumal sie auch noch bis 2. Weihnachtstag Dienst im Krankenhaus hatte. Ob sie ihr alles übermorgen am Telefon sagen sollte? Oder doch lieber persönlich?

Petra beschloss im Januar, wenn das Wetter es zuließ, zu ihren Eltern zu fahren um ihnen von ihrem neuen Lebensweg zu erzählen. Bis dahin würde sie das Portrait von ihren Eltern fertig haben und als Geschenk mitnehmen, überlegte sie. Dann bin ich endgültig frei, dachte Petra und lächelte.

Doch erstmal musste sie ihnen beibringen, dass sie Weihnachten nicht kommen würde.

Bei einem Kaffee überlegte sie sich genau, was sie zu ihrer Mutter sagen wollte. Anrufen wollte sie sie nicht, aber wenn sie sich nicht meldete, würde sie wieder sicher vorwurfsvoll bei ihr durchklingeln und sie fragen was los ist.

Vielleicht sollte sie ihr mal sagen, dass sie ihr ja doch nie zuhört und deswegen nicht anruft?!

Ja, diesen Satz zum Einstieg in das Gespräch mit ihrer Mutter wollte sie sich merken, den fand sie gut.

Sie stellte ihren leeren Kaffeebecher auf die Spüle und setzte sich an ihre Staffelei.

Voller Freude machte sie sich ans Werk, den nächsten Auftrag zu fertig zu stellen.

Tatsächlich rief ihre Mutter sie nach drei Tagen an und fragte wieder was los war, ohne es wirklich wissen zu wollen. Petra sagte ihr das dann auch und ihre Mutter war empört, fing dann aber auch gleich ein neues Thema an und fragt sie wieder, ob sich ein Arzt vielleicht für sie interessierte.

Petra hätte kotzen können, sie war so erbost darüber, dass sie einfach nicht aufhörte, sie mit einem Arzt verkuppeln zu wollen, dass sie diesmal ihr die Meinung darüber sagte.

„Aber Schatz, sei doch nicht so empfindlich"! hörte Petra ihre Mutter sagen. Das war auch wieder typisch, dachte sie und hatte echt die Nase voll.

„Ach übrigens, ich kann Weihnachten nicht kommen, ich habe Dienst", meinte Petra dann.

„Kannst du den nicht tauschen? Überhaupt, bist du doch wohl nicht die einzige Krankenschwester dort...", ihre Mutter fing schon wieder an, Petra platzte der Kragen.

„Nein! Ich habe Dienst und damit Schluss, ihr dürft Weihnachten ohne mich feiern. Ich rufe euch am 1. Weihnachtstag an um euch frohe Feiertage zu wünschen.

So, und nun muss ich hier weiter machen. Macht´s gut", rief sie in den Hörer und legte dann auf.

Kurz darauf begann das Telefon wieder zu klingeln, sicher ihre Mutter und Petra stellte es leise, ging einfach nicht dran. Sie hatte einfach keine Lust mehr. War es wirklich leid, sich immer bevormunden zu lassen, diktiert zu bekommen wie sie zu sein und was sie zu machen hatte.

Sie ging zur Küche, goss sich noch einen Kaffee in die Tasse und ging damit zur Staffelei. Stellte die Tasse auf das kleine Tischchen, das sie sich daneben gestellt hatte und nahm ihren Pinsel wieder zur Hand.

Gut, dass sie so weit weg wohnte, dachte sie noch und begann zu malen.

Die Tage flogen nur so dahin, sie schaffte aber ihre Aufträge, trotzdem sie noch Dienst im Krankenhaus machen musste.

Weihnachten hatte sie wie versprochen zu Hause angerufen. Ihre Mutter war umgänglicher als sonst, Petra nahm an, dass ihr Vater mit ihrer Mutter gesprochen hatte.

Das Portrait ihrer Eltern war auch fertig, es trocknete noch.

Im Januar konnte sie jedoch nicht zu ihren Eltern reisen, die Zeit reichte nicht und das Wetter war furchtbar. Es schneite immerzu.

So wurde es Februar bis Petra zu ihren Eltern fuhr, das große Portraitbild von ihnen hinten im Auto.

Ihre Eltern schauten sie verwundert an.

„Mein verspätetes Weihnachtsgeschenk für euch", sagte sie nicht ohne Stolz.

„Na los, packt es aus", forderte sie sie auf.

Vorsichtig entfernten die Eltern Schleife und Papier, und weil es so groß war, lehnten sie es an den Schrank und traten zurück. Sie betrachteten es mit großen Augen, die Freude war groß.

„Das ist ja unglaublich, das hat sicher ein Vermögen gekostet", meinte ihre Mutter und war entzückt.

Petra war bewusst, dass sich das gleich ändern würde.

„Nur die Materialkosten, ich habe es gemalt", erklärte sie stolz.

„Großartig, du hast echt Talent", meinte ihr Vater anerkennend und nahm sie in den Arm.

„Aber Kind was…" er schaute ihre Mutter streng an, die ihr schon wieder einen Vortrag halten wollte. Sie holte Luft, suchte nach Worten.

„Es ist natürlich schön, da hast du ein schönes Hobby, aber davon kann man nicht leben", die letzten Worte konnte sie sich wieder nicht verkneifen.

„Doch, kann man und ich habe meine Stellung als Krankenschwester aufgegeben, damit ich mehr Zeit zum Malen habe. Denn ich habe schon viele Bilder verkauft und noch einige Aufträge", kam es nun aus Petra raus, sie wollte endlich reinen

Tisch. Ihr Vater nahm sie abermals in den Arm und wünschte ihr alles Glück der Welt. Ihre Mutter wollte gerade wieder loslegen, da hielt ihr Vater ihrer Mutter einen Vortrag, dass ihre gemeinsame Tochter erwachsen war und machen könnte, was sie wollte. Petras Mutter nahm sich daraufhin zurück und Petra war froh.

Als sie am nächsten Tag wieder nach Hause fahren wollte, in ihre Wohnung, ihr Atelier, umarmte auch ihre Mutter sie und bat sie, sich doch öfter mal zu melden.

Ihre Mutter war nicht begeistert, würde sie auch nie sein, aber sie wollte auch nicht ihre Tochter verlieren. Sie hatte nun begriffen, dass Petra andere Träume hatte und dabei war sie umzusetzen.

„Ja, ich rufe öfter mal an und keine Sorge, wenn es mal nicht so laufen sollte, kann ich ja wieder als Krankenschwester arbeiten", lachte Petra und hoffte, dass der Fall nie eintreten würde.

Trotz alledem

Seit vielen Jahren schon beobachte ich diese Vera und sie erstaunt mich immer wieder.

Schon in ihrer Schulzeit fing es an.

Nach zwei Wochen in der ersten Schulklasse zogen die Eltern mit ihr vom Land in die Stadt. In der neuen Klasse war sie nicht willkommen und das lag nicht zuletzt an der Lehrerin. Auf dem Land hatte Vera zwei klasse Kumpel. Sie spielte mit den Jungs Fußball, mit kleinen Autos und Cowboy und Indianer. So ging Vera in der neuen Schule wie selbstverständlich in der Pause auch zu den Jungen, die Fußball spielten. Doch die Jungen schauten verwundert und lach-

ten: „Iih nee, du bist doch ein Mädchen!" Das war ein Schlag. Natürlich war
sie ein Mädchen, aber das war doch bis-
her kein Problem?!
Bei der unfreundlichen Lehrerin hielt
sie tapfer die zwei Jahre durch. Keiner
freute sich wohl so sehr, über den Leh-
rerwechsel und die neue freundliche Lehrerin, wie sie.
Die Eltern waren arbeiten oder müde und
hatten kein Ohr für sie. So freundete
sie sich mit dem Mädchen aus der Nach-
barschaft an.
Beim Spielen mit dem Nachbarsmädchen
wurde sie von deren Hofhund in die
Schulter gebissen und nach der darauf-
folgenden Tetanusspritze konnte sie eine
Woche nicht auf ihrem Po sitzen. Musste
das sein?
Doch sie hatte etwas ganz Wichtiges von
ihrer Mutter gelernt: `Man muss hart ge-
gen sich selbst sein´. Was das bedeutete? Sie wusste es nicht genau, aber
vermutete das man nicht weinen sollte,

egal wie schlimm etwas war. Sich dem Schmerz nicht hingeben.

Die Wunde heilte gut und die Schmerzen ließen nach und diese Vera war wieder fröhlich. Sie traute zwar diesem Hund nicht mehr, aber hielt immer noch an ihrem Wunsch fest, einen Hund haben zu wollen.

Überhaupt schien es wohl egal, was dieser Vera widerfuhr, sie schien immer positiv zu bleiben und glaubte immer an das Gute im Menschen.

Da konnte ihr jemand das Fahrrad klauen oder ihren Schmuck aus der Wohnung, sie ließ sich nicht erschüttern. Natürlich war sie über den Verlust traurig, aber sie blieb immer positiv.

Die 13-Jährige fragte sich, wie schlecht muss es jemanden gehen, der in Wohnungen einbricht um ihren einfachen, nicht wertvollen Schmuck zu klauen?

Aber ihr passierte noch so viel mehr und all das Passierte hinterließ auch seine Spuren bei Vera. Es formte sie und ihre positive Überzeugung begann zu bröckeln. Zudem hatte sie mehr und mehr das Gefühl, ganz allein zu sein, da ihre Eltern mehr arbeiteten und sie allein ließen und sie hatte keine Freunde, mit denen sie darüber reden konnte, auch keine Großeltern.

Sie zog sich mehr und mehr zurück und baute eine dicke Mauer um sich, wusste nicht mehr, was sie denken oder glauben sollte.

Als Vera 15 Jahre alt war, kam ihre Tante nach vielen Jahren aus dem Ausland zurück.

Bei einem Besuch lernte Vera endlich ihre Tante kennen. Sie hatte so eine ruhige, sichere Art und riss Veras Mauer ein. Sie wusste was sie wollte und Vera mochte ihre Tante von Anfang an. Vera blühte wieder auf, ihre Tante beachtete sie und hörte ihr zu. Vera fühlte sich verstanden und ernst genommen, dass erste Mal in ihrem Leben.

Sie unternahm viel mit ihrer Tante und sie redeten viel über Schule, Freunde und die Welt.

Leider musste sie nach einigen Wochen wieder ins Ausland, diesmal in ein Nachbarland, wo sie bei einem Projekt mitarbeitete. Sie nahm Vera beim Abschied fest in die Arme und sagte zu ihr: „Du bist richtig, so wie du bist und lass dir von niemanden etwas anderes sagen." Das gab Vera sehr viel Kraft und auch der darauffolgende Briefwechsel mit ihrer Tante.

Die Jahre vergingen und Vera konzentrierte sich auf die Schule, die sie dann nach dem Abitur verlies.

Mit 20 Jahren war sie dann schon zu so vielen Beerdigungen von Onkel, Tanten und Cousins, dass sie meinte es reiche fürs Leben. Auch ihre allerliebste Tante musste sie beerdigen, sie hatte einen Unfall im Ausland. An diesem Tage drohte ihr der Boden unter den Füßen weg zu brechen, doch da wurde sie von Familienmitgliedern gehalten, von denen sie es nie gedacht hätte. Die lieben Worte bauten sie wieder auf, gaben ihr Kraft und ließen sie merken, dass sie nicht allein war.

Der Tod gehörte zum Leben dazu, irgendwann sei sie auch mal dran, sagte sie zu einer Freundin.

Der letzte Augenblick und Satz ihrer Tante beim Abschied, kam ihr mehr denn je ins Gedächtnis und ließ sie stark sein. *Du bist richtig, so wie du bist und lass dir von Niemandem etwas anderes sagen.*

Sowie der Satz ihrer Mutter: `Man muss hart gegen sich selbst sein´. So ließ sie sich nie etwas anmerken, jahrelang.

Keiner ihrer Kollegen ahnte, dass ihr Vater schwer erkrankt war und erst als sie einen Tag frei haben wollte, für die Beerdigung erfuhren sie es.

Ja, sie verstand es, ihre Probleme ließ sie immer schön zu Hause, hatte aber für andere immer ein offenes Ohr.

Woher sie die Kraft nahm? Nun ich habe es herausbekommen.

Der Verlust ihrer Tante war für sie sehr schmerzhaft, doch sie war dankbar für die schönen Stunden, die sie mit ihr verbringen durfte. Für die wunderbaren Gespräche und den interessanten Briefwechsel mit ihr. Der Gedanke daran gab ihr Kraft.

Egal was ihr passierte, sie sah immer das Positive darin und wenn es das war, dass sie daraus lernen konnte.

Wie auch ein paar Jahre später, als sie einen netten jungen Mann kennen und lieben lernte. Alles schien perfekt, sie nahmen sich eine schöne Wohnung zusammen, fuhren zusammen in den Urlaub.

Vera war sehr glücklich, bis sie eines Tages entdeckte, dass ihr Freund sie mit einer anderen betrog.

Der Boden schien ihr wieder unter den Füßen weg zu brechen, doch nach einigen schlaflosen, verheulten Nächten sagte sie sich...*besser jetzt, als wenn wir schon verheiratet wären und Kinder hätten, er war halt nicht der Richtige.*

So kümmerte sie sich wieder mehr um ihre Karriere und suchte sich eine neue Wohnung.

Ja, bei Vera war das Glas immer halbvoll.

Ihr überaus freundliches Wesen und die ständig steigende Erfahrung in ihrem Job, ließ sie ein sehr verlockendes Angebot kriegen.

Sie nahm es an und war von da an auf der Karriereleiter nach oben unterwegs.

Mal sehen, was dieser Vera noch so passiert...

Ach und dann dieser Gerd hier. Er war ein Einzelkind, hatte also seine Eltern für sich alleine und noch die Großeltern, die sich auch gerne mal dem Jungen annahmen. Er bekam fast alles, wenn nicht von den Eltern, dann von den Großeltern, da konnte er sich sicher sein.

Die Schule lief wie geschmiert, seine Eltern waren angesehene Leute mit Geld und er musste auch nie umziehen. Sie wohnten immer schon in dem großzügigen Haus am Stadtrand mit einer Mutter, die nicht arbeiten musste und viel Zeit für ihn hatte.

Wenn er sich mal mit seinen Freunden gestritten hatte, zog er sich einfach in sein Zimmer zurück und spielte allein. Da konnte er es so perfekt spielen, wie er wollte. Oh ja, er war ein Perfektionist, es musste alles ganz genau sein, sonst war es für ihn nicht richtig.

Bei ihm war das Glas auch halb leer, wenn zwei Schluck fehlten und nicht halb voll, soviel war sicher.

Dadurch, dass er so war, war er auch nie zufrieden. Ein ewiger Nörgler, immer unzufrieden mit sich und der Welt, immer unter Druck obwohl alles gut war.

Er hatte sein Abitur gemacht mit einem

Durchschnitt von 1,9 und er war unzufrieden, weil er einen Durchschnitt von 1,2 wollte.

So war er muffelig auf dem Abschlussfest und graulte damit endgültig seine Freundin davon. Sie hielt es einfach nicht mehr aus mit ihm, diese ständigen Nörgeleien anstatt sich mal daran zu erfreuen, dass er gut bestanden hatte. Nein, sie konnte nicht mehr und machte ein für alle Mal Schluss mit ihm und ging nach Hause.

Das wiederum machte Gerd wieder unzufrieden, weil er ja versprochen hatte sie nach Hause zu bringen. So folgte er ihr und versuchte sie zu überreden wieder mit ihm zurück zu kommen. Doch es hatte keinen Zweck, sie sagte es sei endgültig aus und er solle sie ja in Ruhe lassen.

Gerd ging daraufhin in einem sicheren Abstand ihr nach, damit ihr nichts passierte. Sie weinte viel, schrie und schimpfte immer wieder wütend. Doch sie sah ihn nicht, bemerkte nicht den jungen Mann, der ihr folgte nur damit er, wie es sein sollte, sie doch noch nach Hause gebracht hatte.

Allerdings machte es ihn auch nicht zufrieden, im Gegenteil, nun musste er wieder den ganzen Weg zurücklaufen, wo sein Auto stand.

Wieso passierte nur ihm immer so was, wieso hatte er so schlecht abgeschnitten und nun noch das mit seiner Freundin. Wieso war sie nur so uneinsichtig, wieso sah sie seinen Kummer nur nicht, wieso….

Ach, dieser Gerd war schon einer. Er hatte sogar schon ein Auto, was sonst kaum einer hatte in seiner Klasse. Sogar ein Platz an der Universität war ihm sicher und seine eigene kleine Wohnung in der Nähe der Uni ebenfalls. Trotz alledem war er unzufrieden.

Er fand immer etwas, das nicht 100% war und ärgerte sich darüber.

Er sah immer nur das was er nicht hatte,

aber nie das, was er hatte.

So ging es im Studium auch weiter und er eckte mit seiner Unzufriedenheit auch des Öfteren an. Er bekam auch das ein oder andere Mal die Meinung gesagt, aber irgendwie verstand er nicht, was man von ihm wollte.

Natürlich war er auch mit dem Ergebnis seines Studiums nicht zufrieden, genau so wenig wie mit seiner Arbeitsstelle, die er wenig später bekam.

Nun fuhr er wieder mal unzufrieden von der Arbeit nach Hause, mit seinem schönen Auto zu seiner schönen Wohnung.

Ach Moment, da war ja auch Vera.

Moment, ich muss mal eben…

So, jetzt hat Gerd die Vera angefahren. Er ist außer sich vor Entsetzen, all das Blut… Aber keine Angst. Sie wird bald wieder genesen.

Er wird sie täglich besuchen, erst aus

Schuldgefühl, dann aus Pflichtgefühl und letztendlich aus Sympathie und Bewunderung.

Bewunderung wie sie so positiv alles sieht. Er wird es bewundern, es aufsaugen förmlich. Doch mehr verrate ich nicht.

Woher ich das weiß? Na, weil ich für alles verantwortlich bin. *Lachen*

Denn ich bin das Schicksal.

Der Wendepunkt

Die Wohnungstür fiel hinter ihr ins Schloss. Die Schlüssel legte sie wie mechanisch auf ihren Platz in der Schale auf der Flurkommode.

Ging weiter ins Wohnzimmer und ließ sich einfach in ihre Designercouch fallen. Ihre Tasche immer noch um die Schulter, mit der linken Hand fest umklammert.

Eine ganze Weile saß sie dort, scheinbar regungslos, die Augen mit starrem Blick.

Doch in ihr tobte ein Sturm, Gedanken flossen wild hin und her.

Ein Tumor! Sie hatte es ja geahnt, die Kopfschmerzen waren nicht normal, deshalb war sie ja auch zum CT gegangen. Doch als sie es gelesen hatte, in den Unterlagen des Arztes….Nur gut, dass er zu einem Notfall eben raus war, er hätte es ihr bestimmt nicht so direkt gesagt, wie die Unterlagen auf seinem Schreibtisch. Ganze 4-6 Wochen blieben ihr noch.

Da saß Eva nun, gerade über 40 Jahre alt. Ihr Leben bestand aus Arbeit, Arbeit und Arbeit. Sie brauchte nix sonst, vermisste nichts.

Krank geschrieben war sie nun seit 2 Wochen, da sie am PC nicht mehr arbeiten konnte. Was sie eben noch schreiben wollte, war auf einmal verschwunden. Buchstaben und Zahlen verschwammen vor ihren Augen.

Doch was machte sie jetzt? Sie wollte sich die letzte Zeit so angenehm wie möglich gestalten. Aber wie?

Was war früher denn das Schönste für sie? Wann hatte sie eine schöne Zeit? Eva überlegte lange, bis sie sich schließlich erinnerte.

Ja, da hatte sie immer eine schöne Zeit. Früher als Kind und später bei ihren wenigen Urlauben, die sie dann dort verbrachte.

Also, was machte sie noch hier?

Sie stand auf, ging ins Schlafzimmer und packte ihre Koffer.

Nach einigen Stunden lenkte sie ihren Wagen in Forchheim endlich auf die 470. Nach einigen Kilometern machte ihr Herz beim Anblick der wunderschönen Umgebung einen Hüpfer. Sie hatte die Schönheit dieser Umgebung ganz vergessen.

Die mit Blumenkästen verschönerten Fenster, die 470 die sich durch kleine Ortschaften schlängelte. Ein wohliges Gefühl machte sich in ihr breit. Ihr war als käme sie nach langer Zeit nach Hause.

Als sie dann endlich das Ortsschild `Gößweinstein´ passierte, war es bereits früher Abend.

Seit etwa einer Stunde hatte sie bereits wieder diese Kopfschmerzen und hoffte schnell eine Bleibe zu finden. Sie fuhr das nächste Schild `Ferienwohnung zu vermieten´ an und hatte Glück.

Die Ferienwohnung hatte alles was sie brauchte und nachdem sie ihre Sachen alle hereingebracht hatte, ging sie im Ort etwas Essen, Kopfschmerzen allgegenwärtig, auch als sie einige Zeit später schlafen ging.

*

Sonnenstrahlen durchfluteten das Schlafzimmer und weckten Eva.

Eine Ewigkeit war sie nicht mehr so geweckt worden, dachte sie und blieb noch kurz im warmen Bett liegen. Dann öffnete sie das Fenster, atmete tief durch und wusste, dass sie das Richtige getan hatte.

Nach Toast und Tee wollte sie in den Ort zur Apotheke gehen, um für ihr letztes Rezept die Schmerztabletten zu erhalten. Etwas einkaufen musste sie auch noch, aber erst auf dem Rückweg. Sie wollte erst mal in Ruhe durch den schönen Ort schlendern und die Atmosphäre genießen.

Sie ertappte sich immer wieder dabei, hektisch zu werden, schnell wo hingehen, schnell alles wegstellen, schnell den Rucksack packen…schnell, schnell, schnell.

Nein, sie musste endlich ruhiger werden, dachte sie. Beim ersten Arztbesuch sagte man ihr auch, dass Hektik die Kopfschmerzen noch begünstigen könnten.

Also versuchte sie sich in Ruhe, überlegte erst ob sie alles hatte, bevor sie losging, nahm den Rucksack und startete.

Erst lief sie einige der schönen Wanderwege um Gößweinstein, dann in den Ort um etwas zu schlendern und Besorgungen zu machen.

Gegenüber der Basilika ging sie in die Apotheke um die Schmerztabletten zu holen. Sie beschloss, dann durchs Dorf in Richtung der Brüder Schelhas zu gehen.

Ihr Mineraliengeschäft war immer noch beeindruckend, sie kam aus dem Staunen nicht mehr hinaus. Sie hatten Schmuck für jeden Geschmack, mal modern, mal filigran.

Sie wollte sich einen Silberring mit einem Amethyst kaufen, so einen wollte sie schon länger, und ließ sich von Herrn Schelhas einige zeigen. Sie entschied sich für einen sehr aufwendig gearbeiteten Ring, behielt ihn gleich an und zahlte.

Früher hatte sie so was nie gemacht, aber wofür sollte sie noch sparen, dies war ihr letzter Urlaub.

Wieder auf dem schmalen Bürgersteig vor dem Geschäft, schaute sie sich den Ring noch mal an und war fasziniert, wie das Sonnenlicht ihn strahlen ließ. Sie freute sich fast wie ein kleines Mädchen darüber.

Als sie dann sah, wie spät es schon war, drehte sie sich abrupt zur Seite um ihren Weg fortzusetzen. Zumindest zwei Schritte, weiter kam sie nicht und stieß mit einem Mann zusammen.

„Oh je, Entschuldigung… ich habe sie

nicht gesehen", stammelte sie.

„Offensichtlich", erwiderte er lächelnd, „aber es ist ja nichts passiert."

Eva wurde ganz rot im Gesicht, sie spürte es und ärgerte sich, über sich selbst.

Nach abermaligen Entschuldigungen und Versicherungen, dass nichts passiert war, ging wieder jeder seinen Weg.

Zurück in der Ferienwohnung packte sie ihren Einkauf weg und machte sich frisch um Essen zu gehen. Doch starke Kopfschmerzen machten ihr einen Strich durch die Rechnung. So bestand ihr Abendessen nur aus einem Toast und zwei Schmerztabletten.

Nach einer halbwegs ruhigen Nacht wachte sie langsam auf.

Ihre Kopfschmerzen waren weg und ein Blick auf ihren neuen Ring, ließ sie sich an den Vortag erinnern. Sie dachte an das sympathische Lächeln des Mannes und schüttelte den Kopf bei den Gedanken, was ihr nach dem Kauf passierte.

Beim Frühstück beschloss sie, nach Pottenstein zu fahren. Sie packte ihren Rucksack in Ruhe und fuhr los.

Die Teufelshöhle war hinter der nächsten Kurve. Ein schmaler Wanderweg führte an der Wisent entlang dahin. So ließ sie ihr Auto auf dem Parkplatz stehen und überquerte die Wisent auf der kleinen Holzbrücke. Dieser kleine Fluss schlängelte sich von Forchheim bis Behringersmühle an der B470 entlang und war einfach nur schön.

Erinnerungen flossen ihr durch den Kopf, hier hatte sich so gut wie nichts geändert, freute sie sich. Sie begann langsam zu entspannen.

Eine Gruppe Menschen hatte sich schon vor dem Eingang versammelt. Doch Moment, was war das in der Gruppe? Das charmante Lächeln, inklusive der lachenden Augen, kam ihr bekannt vor.

„Die nächste Führung geht sofort los",

sagte der Kartenverkäufer und schloss nach ihr den Schalter. Wenig später kam er bestens ausgerüstet, um die Führung durch die Höhle zu beginnen. Also auch das hatte sich nicht geändert, dachte Eva und musste lachen. Während sie zum Höhleneingang ging, ertappte sie sich dabei, nach dem sympathischen Lächeln zu suchen.

Nach dem Durchgang des ersten Höhlensaals stand es auf einmal neben ihr und sagte `Hallo´.

Wieder stieg ihr die Röte ins Gesicht und sie hoffte, dass er es im Halbdunkeln der Höhle nicht sah, während sie sein `Hallo´ erwiderte.

Das ständige Auf und Ab in der Höhle machte einen Orientierungslos, doch das der Höhlenausgang oben am Berg war, daran konnte sich Eva noch gut erinnern. Alle bedankten sich noch für die Führung durch die Höhle, bei dem Mann und der ein oder andere gab ihm noch ein Trinkgeld.

Sie hörte Schritte hinter sich, auf dem Weg nach unten in Richtung Parkplatz, die näher kamen und schaute sich um.

Das sympathische Lächeln fragte direkt: "Wenn wir uns hier schon zufällig wiedersehen, wie wäre es, wenn wir gleich unten einen Kaffee trinken? Ich lade sie ein."

„Oh, auf gar keinen Fall", entgegnete sie und schaute in ein erschrockenes Gesicht. Sie hatte wohl keine Wahl.

„Äh… wenn, dann lade ich sie ein. Schließlich habe ich sie gestern über den Haufen gerannt, so als kleine Entschädigung dafür", rettete sie die Situation.

Das letzte was Eva jetzt wollte, war noch jemanden kennen zu lernen, aber einen Kaffee zusammen trinken war ja nicht schlimm.

„Auch gut, ich heiße übrigens Jobst Bollinger ", lächelte er und reichte ihr die Hand. „Eva Rüder", nahm sie sie entgegen.

Der Kuchen sah verlockend aus, so dass sich beide ein Stück zum Kaffee dazu bestellten. Eva hatte keine Ahnung, was sie mit dem Mann, der sich als Jobst Bollinger vorgestellt hatte, reden sollte.

Doch er führte die Konversation und sie stellte fest, dass sie beide allein hier im Urlaub waren. Sie redeten über die Sehenswürdigkeiten der Fränkischen Schweiz, in der sie sich gerade befanden, wobei Eva mehr aus den Erinnerungen von früher berichtete.

Sie beschlossen noch gemeinsam den Wanderweg nach Pottenstein zu gehen und am Ende des Tages verabredeten sie sich für den nächsten Tag zur Wandertour.

Jobst war ein angenehmer Begleiter, so dass sie die nächsten Tage zusammen verbrachten. Sie schauten sich viele Höhlen und Burgen an. Außerdem kannte Jobst Wanderwege, die sie noch gar nicht kannte. Sie kehrten zum Mittagessen meist in eine der Gaststätten ein und gingen gestärkt wieder weiter.

Eva stellte plötzlich nach einigen Tagen fest, dass ihre Kopfschmerzen weg waren.

Sie hatte keine Tablette mehr gebraucht, hatte sie aber Notfalls immer dabei.

Die erste Woche flog nur so dahin und auch die zweite Woche ging rasend schnell vorbei.

Jobst und Eva hatten gleiche Interessen und mussten immer wieder lachen, wenn sie Gemeinsamkeiten entdeckten.

Überhaupt, waren die Tage mit Jobst fröhlich und ausgelassen und Eva konnte sich nicht erinnern, wann sie jemals so viel Spaß gehabt hatte.

Sie war schwer verliebt, versuchte es zu ignorieren, zu verdrängen. Ebenso, dass sie nicht mehr viel Zeit hatte.

Konnte es aber nicht und er Gedanke daran nagte an ihr. Sie musste es ihm sagen, aber wie? Was, wenn sie ihm auch was bedeutete?

Eva schob es vor sich her, bis es zu spät war und sie eines Morgens neben ihm im Bett aufwachte.

Beim Frühstück malte Jobst schon die gemeinsame Zukunft, fragte sie, wo sie leben wollten und vieles mehr.

Eva war schlecht, sie aß kaum etwas, machte sich schwerste Vorwürfe und ging in ihre Ferienwohnung. Auf Jobst Blick hin hatte sie erklärt, ein wenig allein sein zu müssen.

Es verging ein Tag und noch einer…

Am dritten Tag stand Jobst abends auf einmal vor ihrer Tür. Er sah schlimm aus, stammelte was von `alle Ferienwohnungen abgesucht´ und `seit heute Morgen´.

Eva bat ihn rein zu kommen. Sie wollte gerade Abendbrot essen und legte noch ein Gedeck mehr auf, während er ihr gestand, dass die letzten Tage ohne sie die Hölle waren. Er sie wirklich liebte und nicht verlieren wollte.

Immer wieder fragte er sie, ob er einen Fehler gemacht hatte oder etwas falsches gesagt, dass sie sich von ihm entfernte.

Sie wischte sich ungesehen eine Träne von der Wange und fragte, was er trinken wollte.

Als sie sich zu ihm an den Tisch setzte und gerade den Fernseher ausschalten wollte, rief er: „Moment, dass bist doch du!"

Das Blut sackte ihr aus dem Gesicht, als sie ihr Bild im Fernseher sah.

„Ja," stammelte sie und hörte, dass sie gesucht wurde.

„Plötzlich verschwunden.. wer Hinweise geben kann….Aufenthaltsort…oder bitte Nachricht….Freundin anrufen."

Alles drehte sich bei Eva. Das konnte doch nur von ihrer Kollegin und Freundin Anne kommen.

„Eva?" fragte Jobst vorsichtig und als sie ihn ansah..., „Was um Himmels Willen ist los?"

Das war Zuviel, Eva rollten die Tränen übers Gesicht und als Jobst sie in die Arme nahm und tröstete, war sie nur noch am Schluchzen.

Etwas später, als sie sich beruhigt hatte, erzählte sie ihm alles und er wurde kreidebleich. Er versuchte sich wieder zu fassen und bat Eva, bei der Freundin anzurufen.

„Ja, das muss ich wohl, damit sie sich keine Sorgen mehr macht", willigte Eva ein.

Als sie das Handy nach Wochen einschaltete, stellte sie fest, dass man mehrfach versucht hatte sie zu erreichen. Was sie sich gedacht hatte, deshalb hatte sie es ja ausgeschaltet.

Sie erfuhr von Anne, dass der Arzt sie suchte.

Warum sie aus dem Sprechzimmer verschwunden war, er hatte schließlich noch nicht mit ihr geredet.

Eva erzählte von den Unterlagen auf dem Schreibtisch, den 4-6 Wochen, die sie nur noch hatte und dass sie einfach nur noch wegwollte.

Ein großes Hin und Her, eine verwirrte

Eva und eine halbe Stunde später ein Anruf des Arztes.

Eva lief aufgeregt hin und her.

Jobst saß auf dem Sofa und versuchte anhand der Gesprächsbrocken zu verstehen,
was da vor sich ging.

Die Angst Eva zu verlieren fraß ihn innerlich fast auf, aber äußerlich war er
ruhig.

Plötzlich setzte Eva sich zu ihm, das
Telefonat war beendet, sie sah geschockt
aus und eine Träne lief ihr über die
Wange.

Dann drehte sie sich zu Jobst und holte
tief Luft, bevor sie sprach.

„Ich habe keinen Tumor, die Kopfschmerzen kamen von der ständigen Anspannung,
dem Stress. Die Unterlagen, die ich gelesen hatte, waren von einer anderen Pa-
tientin. Ich hab auch gar nicht auf den
Namen geschaut..ich dachte…." Auf einmal
schwieg sie.

Vom Sofa neben ihr kam ein erleichtertes

Aufatmen. Jobst nahm ihren Kopf mit beiden Händen, küsste sie auf die Stirn und
dann auf den Mund.

„Na, dann können wir ja gemeinsam in die
Zukunft gehen, wenn du willst." Lächelte
Jobst sie an.

Utopia

Bärbel war wahnsinnig aufgeregt und warf
einen Blick, an ihrem Sitznachbarn vorbei, aus dem kleinen Flugzeugfenster.

Was sie wohl in ihrer alten Heimat er-
wartete?

Über 32 Jahre war es nun her, dass sie
mit ihrem Freund nach Australien ging.

Damals war sie 20 und er 25 Jahre alt.

Er hatte gerade seinen Meister in der Tasche und offenbarte ihr, dass er nach Australien wollte, um sich selbständig zu machen. Bärbel entschloss sich mitzugehen.

Ihre Mutter hatte damals kein Verständnis dafür, es gab einen riesen Streit und es kam zum Bruch.

„Haben Sie noch einen Wunsch?" Fragte die Flugbegleiterin und zählte einiges auf, da Bärbel aus den Gedanken gerissen, sie fragend ansah.

„Oh, nein danke", antwortete sie und lehnte sich wieder zurück.

All die Jahre hatte sie nichts von ihrer Familie gehört.

Nun, daran war sie nicht ganz unschuldig, sie hatte sich schließlich auch nie aus Australien gemeldet.

Vor ein paar Monaten rief auf einmal ihre Schwester an.

Sie hatte Bärbel über die White Pages ausfindig gemacht, da die Botschaft wegen der strengen Datenschutzbestimmungen in Australien nicht über die Behörde nach Personen forschen kann.

Erst war sie erschrocken, als sie Heikes Stimme am Telefon hörte, dann folgte große Freude. Ein Lächeln huschte über Bärbels Gesicht als sie daran dachte. Dann folgte ein trauriger Blick, denn sie hatten festgestellt, dass 32 Jahre ohne jeglichen Kontakt vergangen waren. Ihre Schwester Heike war damals 15 Jahre alt als sie ging und Bärbel war immer ihr Vorbild. Heike war sehr enttäuscht von Bärbel und fühlte sich im Stich gelassen.

In letzter Zeit sprach die Mutter immer wieder von Bärbel und gestand Heike endlich, wie sehr sie sie vermisste.

Sie sagte Heike, dass sie sich zu ihren 80. Geburtstag nichts mehr wünschte, als Bärbel wieder zu sehen.

Tränen liefen über Bärbels Gesicht, als Heike es ihr am Telefon sagte und auch jetzt, im Gedanken daran.

Am Anfang war Heike etwas kurz angebunden am Telefon, wusste sie doch nicht, wie ihre große Schwester auf ihren Anruf reagierte. Doch schon nach ein paar Sätzen war wieder das vertraute Gefühl, tiefe Zuneigung, zwischen den Schwestern.

Bärbel fragte sich, wie sie es nur all die Jahre ohne ihre Heike ausgehalten hatte. Menschen können ja so dumm sein, dachte sie mit einem bitteren Lächeln. Da musste sie erst 52 Jahre alt werden um es zu merken.

Außer ihrer Familie vermisste Bärbel allerdings nichts. Das ständige Hin und Her zwischen Torfabbau, Moorlandwirtschaft und Naturschutz, bis dann endlich Ende 2012 der Torfabbau eingestellt wurde. Einige Gebiete wurden unter Naturschutz gestellt. Das Leben dort war schön aber einfach, nicht überall gab es Internet, was damals eigentlich schon Standard war. Auch mit den Handys hatte man dort nur selten Empfang. Als junger

Mensch wollte sie dazu gehören und konnte es nicht. Sie wäre eh in die Stadt gezogen, aber so war es eben Australien mit ihrem liebsten Jürgen.

Nun, in den 32 Jahren war viel passiert, überlegte Bärbel.

Internet gab es jetzt überall, ebenso Strom. Es war schon unglaublich fantastisch, was sich in den letzten Jahren getan hatte. Bärbel schlief im Gedanken daran ein.

Sie erwachte erst wieder, als eine nette Stimme verlauten ließ, dass sie sich im Landeanflug befanden und bat, die Gurte anzulegen.

Bärbel sah sich kurz um, bevor sie dem nachkam, auch ihr Sitznachbar setzte sich gerade wieder aufrecht und folgte der Anweisung. Ein Blick auf die Uhr verriet ihr, dass es 10.15 Uhr war, also noch früh am Tag. Gleich sollte es endlich soweit sein, dachte Bärbel.

Nach all den Jahren durfte sie ihre

kleine Schwester wieder in die Arme schließen. Sie wurde ganz kribbelig im ganzen Körper vor Aufregung. Ob sie sich verändert hatte? Bärbel musste lachen. Hoffentlich erkennt sie mich überhaupt wieder, dachte sie und schaute noch mal auf das Foto, welches sie die ganze Zeit schon in Händen hielt. Es zeigte sie mit ihrer kleinen Schwester in der Mitte, wie sie sich umarmten. Links und rechts von den Beiden waren die älteren Brüder. Wie es Konrad und Erwin wohl ging? Heike hatte sie nur kurz erwähnt, da sie viele Fragen an Bärbel hatte.

Nach einer gefühlten Ewigkeit war es dann endlich soweit und Bärbel stand Heike und ihrem Mann gegenüber, der ein großes Schild mit ihrem Namen vor sich hielt.

`Groß war sie geworden` war ihr erster Gedanke und Tränen schossen ihr in die Augen. Oh man, sie wollte doch nicht weinen.

„Bärbel", rief Heike, nahm sie in den

Arm und weinte ebenfalls. Die Schwestern schauten sich immer wieder an und drückten sich. Dann stellte Heike ihrer Schwester eine Menge Fragen, bis Heikes Mann sich nach etwa 3 Minuten meldete.

„Schatz, deine Schwester hatte einen langen Flug. Du hast noch Zeit genug, ihr deine Fragen zu stellen, meinst du nicht?" Lächelte er die beiden an. „Oh natürlich, entschuldige bitte. Bärbel, das ist übrigens mein Mann Jochen".

„Hallo Bärbel, endlich lernen wir uns mal persönlich kennen, gehört habe ich ja schon sehr viel von dir", sagte er lächelnd und drückte sie kurz.

„Danke", mehr bekam Bärbel im Moment nicht raus und fummelte eilig ein Taschentuch hervor um die Tränen wegzuwischen.

Jochen nahm Bärbel den großen Koffer ab und deutete mit der Hand, wo sie lang mussten. Die Schwestern hakten sich ein und folgten dem großen, schlaksigen Mann zum Auto. Bärbel stellte fest, dass es ebenfalls ein Exemplar war, dass mit Gravitationsenergie fuhr. Tanken war gestern. Es war so herrlich, die Tankstellen waren fast überall nun Orte, wo man gebrauchte Sachen tauschen konnte. Bärbel liebte es, dort immer mal zu schauen.

Die Schwestern redeten viel auf der Fahrt, aber Bärbel schaute immer wieder aus dem Autofenster und staunte, wie sich alles verändert hatte.

Als sie nach einiger Zeit die A27 verließen, um auf die B74 zu fahren, und gerade Osterholz-Scharmbeck hinter sich gelassen hatten, traute Bärbel ihren Augen nicht. Die B74 war hier höher als früher und wenn sie ganz nach rechts schaute, sah sie den Ahrensfelder Damm, der um einiges erhöht wurde. Der Damm reichte bis in den Horizont und auch bis nach ihnen, zur B74. Dahinter waren die Moore, die ganz offensichtlich wieder vernässt worden waren.

„Das gibt's ja nicht", entfuhr es Bärbel, die schon längst nicht mehr mitbekommen hatte, was ihre Schwester erzählte. Sie rückte ganz nah ans Fenster. Eine Menge Fragen kamen auf, aber sie wollte erstmal alles sehen, für die Fragen war noch genug Zeit.

Stubbenkuhle und Teufelsmoor Straße waren zwei der wenigen Straßen, die erhöht wurden und noch bestanden.

Bärbel entdeckte auf dem Moor einige Torfkähne und…was war das? Es erinnerte sie an die Propellerboote in den Everglades. Sicher fuhren sie auch mit Gravitationsenergie, dachte sie.

Jochen war in einer der vielen Parkbuchten gefahren und hatte angehalten. Bärbel stieg sogleich aus, immer den Blick auf dieses Boot.

Es war eindeutig ein Propellerboot, aber anstatt des knatternden Motors hörte sie nur ein leises Surren. Bärbel war fasziniert. Heike erklärte:

„Alle Straßenlaternen, alle Motorboote,

alle Häuser und Autos hier werden mit der freien Energie betrieben. Doch was das Beste daran ist, die Firma bei der unser Jüngster arbeitet, baut in diesem Gebiet die Motoren und ist quasi um die Ecke".

„Außerdem sind sie so bekannt für ihre gute Qualität, dass sie auch von Nachbargemeinden Anfragen erhalten", fügte Jochen hinzu.

Bärbel war sprachlos, sie schaute noch mal zu dem Propellerboot und meinte dann: „Vor 30 Jahren hat man es noch für Utopie gehalten!" Lachte sie und stieg wieder in das Auto.

„Ja, ein Hoch auf 2045!" lachte Heike ihre Schwester an.

Während Heike und Jochen zum Flughafen fuhren um Bärbel abzuholen, hatte Mutter Elsbeth lieber den Kartoffelsalat zubereitet, denn sie mochte keine Flughäfen. Dazu gab es wie immer Bockwürstchen, wie Heike lachend berichtete.

Als Heike und Jochen zuhause ankamen, war der Tisch im Esszimmer bereits gedeckt. Sie brachten Bärbel ins Esszimmer und sagten `Einen Moment´.

Das Herz schlug Bärbel bis zum Hals, ihre Schwester war plötzlich verschwunden und Jochen holte ihren Koffer aus dem Auto.

Auf einmal kam Heike mit ihrer Mutter ins Esszimmer.

Ganz grau war sie geworden, dachte Bärbel. Tränen schossen ihr in die Augen.

„Mama..", stammelte Bärbel und blieb wie angewurzelt stehen, nur ihre Arme hob sie leicht, etwas unsicher.

„Bärbel mein Schatz", sagte ihre Mutter, kam weinend auf sie zu und nahm sie in die Arme. Bärbel umarmte sie ebenfalls. Nicht nur die Beiden waren am Weinen, auch Heike konnte nicht mehr an sich halten.

„Es tut mir so leid, Mäuschen", sagte Elsbeth leise zu ihrer Tochter.

„Mir auch, Mama! Mir auch", weinte Bärbel.

Erst einige Minuten später, als sich das
Esszimmer nach und nach mit mehr Unbekannten für Bärbel füllte, beruhigten
sich die Frauen.

Bärbel wurden die drei Kinder von Heike
und Jochen, nebst Partner vorgestellt.
Auch die Kinder von ihnen, Heike´s Enkel, liefen tobend durch die Räume. Das
war schon eine Menge an Personen, dachte
Bärbel.

„Ich werde aber einige Zeit brauchen,
eure Namen alle zu merken", lachte sie.

Es gab viel zu erzählen bis zum Mittag,
dann gab es zu Essen und Bärbel verbrachte einen schönen Tag im Kreis ihrer
Familie.

Am nächsten Tag, dem 30.März, war der
80.Geburtstag der Mutter und eine große
Feier sollte in der Hammehütte in Neu
Helgoland stattfinden. Der Vormittag
wurde zunächst gemütlich begangen, nach
dem Kaffee am Nachmittag kam dann die

erste Hektik auf. Gedichte und Lieder wurden noch mal geübt und Haare wollten hochgesteckt werden. Bärbel fand es herrlich und machte sich gleich ans Werk, die Haare der Mädchen hochzuste-cken.

Elsbeths 80. Geburtstag wurde ein wahres Freudenfest mit Verwandten, Nachbarn und vielen bekannten Gesichtern, auch für Bärbel. Ihre Brüder erkannten ihre Schwester gleich wieder. Bärbel hatte da mehr Schwierigkeiten und musste lachen, denn Erwin hatte ihr Problem erfasst.

„Wir haben uns ja auch Frisurentechnisch unserem Vater angeglichen, nicht zu ver-gessen der Naschbrettbauch", lachte er und alle Umstehenden lachten mit.

Alle freuten sich, dass Bärbel nach 32 Jahren wieder da war, sie musste viele Fragen beantworten, ihre Mutter war im-mer an ihrer Seite. So verging der Abend wie im Fluge und der nächste Morgen graute schon fast, als sie endlich alle schlafen gingen.

Am 1. April machte Bärbel mit Heike und deren jüngsten Sohn Jörg einen Ausflug. Bärbel wollte gerne einige Orte wieder sehen. Sie fuhren nach Worpswede und frühstückten in einem schönen Café, danach fuhren sie über Grasberg nach Fischerhude. Beim Atelier im Bauernhaus kaufte Bärbel sich die `Moorbibliothek 1-4´, welche dort mittlerweile in der 5.Auflage erschienen war.

Über Wilstedt fuhren sie zurück zum Teufelsmoor und Bärbel schaute neugierig aus dem ruhigen Auto.

Man hatte eine gute Lösung für Mensch und Tier gefunden. Die meisten Flächen waren wieder vernässt, die Natur hatte sich das Gebiet wieder zurückerobert. Die Menschen, die hier noch lebten, waren durch Wälle geschützt oder hatten ihre Häuser auf Stelzen gebaut. Einige wichtige Straßen waren zu Hochstraßen gebaut worden.

Dann der Wahnsinn. Ein riesiges Block-

haus auf Stelzen war mitten im Teufelsmoor.

„Das ist `Future Hope´, es dient Wissen-
schaftlern aus der ganzen Welt zur For-
schung", berichtete Jörg stolz und lächelte Bärbel vor Begeisterung an.

„Alles an Energie wird mittlerweile aus
dem Äther geschöpft, sogar für das Internet und Telefon. Auch alle anderen
Häuser hier in der Umgebung haben die
Technik und man ist dabei, sie in die
ganze Welt hinauszutragen. Die drei waren mittlerweile auf einen Aussichtsturm
gestiegen, wovon Jörg alles erklärte.

Bärbel schaute beeindruckt von der anderen Seite der Hamme, unweit der Hammehütte, und konnte `Future Hope´ gut
sehen.

An dem Haus waren einige Kähne und Propellerboote, das Ganze war von blühenden
Gagelsträuchern umrahmt. Die Sträucher
waren damals massiv gefährdet, Bärbel
freute sich sehr, sie in solcher Viel-
zahl zu sehen.

Das riesige, schräge Dach war aus leichten Hanfziegeln und durch die Fenster
konnte man einige fleißige Leute an Ti-
schen arbeiten sehen.
Bärbel lächelte und nickte zufrieden,
ihr Teufelsmoor gefiel ihr wieder.